经典 名著
让阅读更有意义

十五少年漂流记

[法]凡尔纳◎著

王金锋◎编译

汕头大学出版社

图书在版编目（CIP）数据

十五少年漂流记／（法）凡尔纳著；王金锋编译
. -- 汕头：汕头大学出版社，2018．3（2022.1重印）
ISBN 978-7-5658-3367-0

Ⅰ. ①十… Ⅱ. ①凡… ②王… Ⅲ. ①科学幻想小说
-法国-近代 Ⅳ. ①I565．44

中国版本图书馆 CIP 数据核字（2018）第 007474 号

十五少年漂流记　　　　　　　　SHIWU SHAONIAN PIAOLIUJI

作　　者：（法）凡尔纳

编　　译：王金锋

责任编辑：宋倩倩

责任技编：黄东生

封面设计：三石工作室

出版发行：汕头大学出版社

　　　　　广东省汕头市大学路 243 号汕头大学校园内　　邮政编码：515063

电　　话：0754-82904613

印　　刷：三河市天润建兴印务有限公司

开　　本：690mm×960mm 1/16

印　　张：12

字　　数：173 千字

版　　次：2018 年 3 月第 1 版

印　　次：2022 年 1 月第 2 次印刷

定　　价：59.80 元

ISBN 978-7-5658-3367-0

导　读

　　凡尔纳，本名儒勒·凡尔纳（1828—1905）生于法国西部海港南特。法国小说家，科幻小说的开创者之一。他的父亲是位优秀的律师，一心希望凡尔纳能子承父业。凡尔纳在18岁时遵父嘱去巴黎攻读法律，但他对法律毫无兴趣，却爱上了文学和戏剧。

　　1863年，凡尔纳开始发表科学幻想冒险小说，以总名称为《在已知和未知的世界中奇异的漫游》一举成名。代表作为三部曲：《格兰特船长的儿女》《海底两万里》《神秘岛》。

　　凡尔纳被人们称赞为"科学时代的预言家"。凡尔纳逝世时，人们对他作了恰如其分的评价："他既是科学家中的文学家，又是文学家中的科学家。" 凡尔纳正是把科学与文学巧妙结合的大师。

　　儒勒·凡尔纳生于法国西部海港南特，他在构成市区一部分的劳阿尔河上的菲伊德岛生活学习到中学毕业。凡尔纳自幼热爱海洋，向往远航探险。凡尔纳11岁时，背着家人，偷偷地溜上一艘开往印度的大船当见习水手，准备开始他梦寐以求的冒险生涯。不过由于发现及时，父亲在下一个港口赶上了他。

　　凡尔纳这次以受到严厉的惩罚而告终的旅行，换来的是更为严格的管教，并躺在床上流着泪保证："以后保证只躺在床上在幻想中旅行。"这使他彻底丧失了成为冒险家的可能性。当然，蔚蓝色的大海在心中的形象是永远也无法磨灭的。也许正是由于这一童年的经历，客观上促使凡尔纳一生驰骋于幻想之中，创作出如此众多的著名科幻作品。

本书的故事发生在1860年3月9日，15个8岁至15岁的学生，为了丰富暑假生活，准备乘坐"斯拉乌吉号"帆船环游新西兰。就在准备起程的那天晚上，不知道是谁悄悄解开了缆绳，船漂走了，又恰好遇到了暴风雨，结果狂风巨浪把这轻如叶子的小船抛至荒岛上。

在这个荒岛上，生活条件非常艰苦，面临绝境，15个少年却不畏困难。为了生存，少年们组织起来，选举首领，全体成员紧密团结，克服困难，顽强地生活下去。其中虽有矛盾对立、冲突分裂，但最终他们齐心协力征服了险恶环境和外来入侵者，带着胜利的光荣和喜悦重返家园。

本书描述的是15个少年意外漂流到荒岛上，凭借自己坚强的毅力和刻苦的精神战胜了种种困难，终于成功返回家园的故事。

为了生存，少年们依靠自己的智慧和勇气与大自然进行了积极抗争，并和邪恶之徒进行了殊死决战。

在快要沉没的船上，他们团结进取，努力拼搏，群策群力，自足自信，最终消灭敌人而平安返程。在故事当中，少年们表现出来的团结、勇敢和机智，值得我们大家学习与思考。

目 录

怒海帆船

大浪滔天，狂风怒吼，乌云翻滚，海面漆黑无光，森然恐怖，这是1860年3月9日的大海之夜。

有一艘大帆船正在大海上摸索前行，咆哮的大海把帆船折磨得摇荡不定。

这艘大帆船名叫"斯拉乌吉号"，它船身虽大，但它的船尾已被大浪打破了，船在进水。时间是深夜的11时。虽然3月的夜晚不长，清晨5时就能望见海面上拂晓的光亮。帆船已经残破不堪，就算是在白天能摆脱被大海吞噬的机会也不会很大。唯一能拯救这艘倒霉帆船的就只有陆地了。但是在茫茫的大海中哪有陆地啊！

破烂的船尾有4个少年在掌舵。他们都不是很大，年龄相仿，也不过是十三四岁的模样。他们冒着生命危险坚守在船尾为帆船掌舵。海浪在他们的身边咆哮、肆虐，但是他们临危不惧。

突然一个巨浪凌空扑来，4个少年被巨浪打飞了，不过还好，他们没有被打出船去，不然，就要葬身海底了。

他们从船甲板上重新站起，不顾一切地冲向船尾，又齐心协力地掌起舵来。但这时船舵发生了一点故障，居然不动了，怎么扭转都不动了。

这时，船舱里的窗户打开了，露出了两个小脑袋，另外还有狗的脸，狗叫了两声。船舱窗户上那两个脑袋问布里安情况怎么样。布里安说没事，很安全，叫他们不要担心。

有个叫道尔的小孩子说道："我们很害怕！"

布里安给他们打气，说道："不要害怕，有我们在，不会有事的。"

"不好了，巨浪又来了！"麦克尖叫了起来。

巨浪很凶猛，张牙舞爪地扑向帆船，大有想一口吞掉它的意思。

戈顿急红了眼，朝道尔他们吼道："快躲回船舱里去！快呀！"

布里安也命令道尔他们躲回船舱里去。

道尔他们刚躲回船舱，船舱口又露出了一位少年的脸。

"用得上我们吗，布里安？"

布里安说："谢谢你，巴库斯塔，你跟库劳斯、萨布斯、威尔考库斯去照顾好其他人就行了，不要管这里的事。"

巴库斯塔只得重新躲回了船舱里。

大海的巨浪狂涛确实很难对付，船上的孩子们没有不感到害怕的。令人感到不可思议的是，这艘"斯拉乌吉号"大帆船上只有一些孩子，而且他们的年龄都不大，大的不过14岁。船上一共有15个孩子。

为什么这艘大帆船没有其他人，而只有15个孩子？船上除了他们之外，再没有任何人吗？答案是船上只有15个小孩，再没有其他人。

谁也不知道"斯拉乌吉号"现在所处的位置，船上那些年少无知的孩子们就更不知道了。他们只知道他们现在是在太平洋上，其他的他们一无所知。

这艘船到底发生了什么事呢？难道船上的成年乘客都遇难了吗？还是成年乘客们被海盗抓走了，只剩下这些最大年龄不超过14岁的孩子们了呢？

像这样如此巨大的帆船，至少也应该有一位船长、一位军官、五六位船员，难道开船的船员真的只剩下见习水手一人了吗？

这艘船究竟是从哪里来的呢？是从澳大利亚的海岸，还是从大洋洲的哪个群岛来的？还有，这艘船准备驶向何方？这艘船航行到了这样的深海海域，船长又是一个怎样的人呢？

但是在这里，不管是往来于大洋洲海域、太平洋航线的船只，还是从欧洲、美洲驶往上百个太平洋港口的汽船、帆船，一艘也看不到。就算机械、船帆都很坚固的船，航行到了这片海域，这片海域的风暴也不会轻易让它接近残破的帆船，因为风暴实在是太猛烈了。

虽然如此，布里安和他的伙伴们，仍然拼尽全力坚守在帆船上。

"我们该怎么办？"多尼范问。

"不能有半点松懈！"布里安回答。

一个孩子能说出这句话，勇气实在是可嘉！他们已经没有逃生的希望了。

风暴更加凶猛了。狂风呼啸，巨浪滔天，帆船危机四伏。帆船被大海的风暴吹打得千疮百孔，惨不忍睹。船的主桅早在两天前，在下面4英尺的地方折断了，大帆已经张扬不起来。

假如帆能扬起来，船的情况可能会好一点。前桅虽然从顶端开始折了，但还能维持一段时间，可是支撑索松动了，随时都有可能倒在甲板上。

船头的三角帆早就成了一块碎布，狂风一吹，发出的声音也很古怪。所谓船帆，也只剩下破碎的前帆了。布里安他们没有力气把帆缩短，如果帆完全零碎了，船就无法在风暴中行驶了，大海风云变幻，船很快就要沉了，布里安和他的伙伴们也会同船一起沉到海底了。

船行驶到现在，他们仍然没有发现海岛。他们根本看不到陆地的影子。若能发现海岸，那该多么令人惊喜！但是少年们面对海上肆虐的风暴毫不畏惧，大浪一个接一个地向他们的帆船猛扑过来，少年们企盼只要能够发现海岸，就有救了，那里可不是汪洋大海，那是坚实的大地，让他们感到安全的大地。

他们不停地寻觅着灯光，打算向有光亮的方向行驶。但是海面上仍然漆黑一片，伸手不见五指。

凌晨1时左右，突然传来了比风暴声还大，好像什么东西被折断了的可怕声。

"前桅折了！"多尼范惊叫了一声。

"不对！"见习水手说，"是帆从帆索上扯开了！"

"别分心，注意！"布里安大声喊道，"戈顿和多尼范一起来把舵，麦克来帮我！"

麦克是见习水手，他有航海的经验，布里安对航海也知道些，他乘船从欧洲到大洋洲来的时候，轮船横穿大西洋和太平洋，沿途他也了解了一些开船的技巧，比起其他对驾船一无所知的少年们，船上的小乘客中能操纵船的只有麦克和他了。

布里安和麦克毫不犹豫地向船头走去，为了不使船逆转，他们两人决定不惜一切也要把帆船倾斜的前帆扯下来，即使绞丝折了，但前桅的根部没有折断，船不能直线行驶。但是要扯下前帆也不是很容易的事情！

布里安和麦克非常聪明。风暴不断扑来，为了让船顺风行驶，必须把残存的帆升起。他们两个人飞快地把帆的扬索扯松了，用小刀把前帆的残破之处割开，取下来，紧接着把下面帆的一角拴到一个固定的木桩上。狂风大浪袭击着他们，但他们临危不惧，硬是挺了下来，渡过了难关。

情况不那么糟糕了，船扯着已经变得非常小的帆，能够直线前进了，风推着船，船行的速度非常快，最关键的是它比波浪的速度还快，能避开波浪的追赶，波浪根本不能对船构成威胁。

紧接着，他们两个勇敢的少年，又回到戈顿和多尼范身旁，帮助把舵。这时升降口的窗户又被打开了，一个小脑袋伸了出来，原来是比布里安小3岁的弟弟杰克。

"干什么，杰克？"布里安问道。

"不好了，不好了！"杰克焦急地说，"水进到船舱里了！"

"真的？"布里安大吃一惊，并快步向升降口跑去，迅速下到船舱里。

帆船在不停地急速前进，船舱里只有一盏昏暗的小灯，光线很暗。布里安借着微弱的灯光一看，10个孩子分别睡在长椅、床上，最小的孩子们全都依偎在一起，他们被眼前的情景吓坏了。

"别怕！"布里安安慰他们说，"事情没有那么糟糕，会好起来的！"

布里安迅速从床上拿过小灯，仔仔细细地查看船舱的各个角落，地上已经有不少水在淌着。到底是怎么一回事呢？难道是船破了吗？船舱里的房间并不复杂。

布里安把这些房间仔仔细细地查看过了，从水面线的上面和下面根本不可能进水。

事情是这样的，巨浪撞击船头，海水从船员室的升降口进到了船舱，水便流了进来，使船尾变沉，但这些水根本威胁不了帆船。布里安走进船员室，又安慰了一番那些小伙伴，自己也稍稍松了一口气，重新去帮戈顿他们把舵。这艘帆船，构造坚固，船底部贴的是新铜板，进不了水，即便是巨浪也能抵挡得住。

这个时候是午夜1时了。海面上的乌云不但没有散去，反而越聚越多，狂风大作。船向前行驶着，仿佛要沉到海里去了，海燕尖利的叫声穿透空气传来。海上有海燕，难道陆地就在附近？布里安他们的猜测是错误的，大海之上，海燕无处不在，海燕在狂风中也飞不动了，跟布里安他们的帆船一样，只能顺风漂流。

一个小时过去了，又一次响起船帆被风刮碎的声音，早已残破的前帆再次被撕裂，终于变成了碎片，纷纷扬扬向四处散去。

"糟糕极了！"多尼范叫喊着，"别的帆也扯不起来了！"

"不要紧张！"布里安说，"船速没变！"

"没用的，"多尼范说，"我们危险极了。"

"小心！"麦克大声说，"后面的大浪扑过来了。"

麦克话还没说完，有几吨海水，一下子扑到了船上，把布里安、戈顿、多尼范3人抛到升降口边。3个人紧紧地抱在了一起，但是，就在这一瞬间麦克却不见了，巨浪扑向船头、船尾，把船上一部分木筏、两艘救生艇、一艘杂用船，还有罗盘箱冲进了海里，船舷也被巨浪击碎，海水立刻涌了进来，可是船并没有沉下去。

"麦克……麦克……"布里安焦急地呼喊。

"掉到海里了？"多尼范喃喃自语。

"不会的，不会这样的！"戈顿向船边望了望。

"我们的朋友一定不会有事，对了，快扔救生圈救他！"布里安说。

随后，在风暴暂停的数秒间，3个人立刻齐声呼喊着麦克的名字。

"麦克？麦克你在哪里？"

"我在这儿！我在这儿！"麦克突然说道。

"不是在海里，"戈顿说，"声音好像是从船头传过来的！"

"我去救他！"布里安立刻说。

他飞快地趴到甲板上，匍匐前进，巧妙地绕开甲板上横七竖八的杂物，他非常小心，生怕突然一个大浪扑上船上把他掀进海里。

麦克的叫喊声又一次传来后，就再也没有发出过声音了。这时布里安已经艰难地爬到了船员室的升降口。他呼唤着见习水手麦克的名字。但是没有回音。

麦克会不会在喊出最后一声时被巨浪卷走了呢？如果真是这样的话，那么这个可怜的少年，现在一定是被卷到了离船很远的海里去了，此时，大海就像一个张牙舞爪的恶魔，如果麦克被海水卷走的话，那他就死定了。

就在这个时候，布里安仿佛又听到了微弱的叫喊声，他飞快地赶到卷锚机边，那里也有个台阶，他不停地用手摸索着。

终于在船头一个角落里摸到了麦克，他正拼命地挣扎着，扬索紧紧地缠住了他的脖子。原来刚才巨浪袭来时，扬索正好缠到了他的脖子上，他快就要被扬索勒死了。

布里安不敢怠慢，从怀里掏出小刀，小心地把索割断。

见习水手麦克得救了。随后他被布里安领到了船尾，他非常感激布里安救了他的命！他们又回到了船舵旁，4个英勇的少年顽强不屈地守护着随时会被大海吞噬的帆船。

事情又不妙了起来，由于前帆全都没有了，帆船的速度急剧减慢，帆船危机四伏，波浪速度比船快，从后面扑到船上，怎么办呢？帆船的命运，布里安等人已经掌握不了了。

南半球的3月，正是北半球的9月，凌晨4时左右，东边天空开始泛白，天马上就要亮了。帆船被风吹着朝东前进，到了早晨，也许风会变小，生存的机会就会大一些。等到天亮，阳光普照整个大地时，一切就会清楚了。

4时半左右，天慢慢亮了起来。糟糕的是，大雾弥漫，1/4海里以外什么也看不清，天上的乌云依然没有散去，狂风丝毫没有减弱，海面上，巨浪澎湃，海水汹涌，帆船一会儿被掀到波峰，一会儿又被掀到波谷，帆船此时已经到了危急关头。

布里安他们4个人，注视着汹涌的波涛，他们想，如果风暴不平息下来，他们就只有死路一条了，再过24小时，升降口就要被巨浪淹没了。

就在这时，麦克突然惊喜地喊道："陆地……陆地！"

他指着东边，说他好像看到了海岸线，那里是陆地。前方似乎隐约可见与旋涡状云彩交织在一起的海岸线。

"真的是陆地？"布里安问。

"没错！"麦克斩钉截铁地说，"是陆地……在东边！"他再次用手指了指在迷雾中时隐时现的水平线说。

"你没有看错吧？"多尼范问道。

"怎么会呢？"麦克说，"等雾散了，请仔细看看……那边……前桅稍右一点儿……看……看！"

海面上空的雾气四散而去，一会儿，帆船前面的海面立刻就宽阔了几英里。

"是！……是陆地！……确实是陆地！"布里安欢喜得差点跳了起来。

"还是块低洼的陆地！"戈顿掩饰不住内心的喜悦。

前面不远的地方果然是块陆地，在水平线五六海里的范围内就能看见。从风向上看，"斯拉乌吉号"只要再花上大半个小时，肯定能到达那里，如果着陆之前帆船不触礁，船体不被撞坏的话。

但是这些少年们，现在可顾不上去想这些了，他们被眼前的景象所陶醉了，兴奋的心情，仿佛从死神手里逃出来一般。

这时，狂风骤起，"斯拉乌吉号"仿佛长了翅膀的海鸟一般，飞快地行驶着，离海岸越来越近了，海岸也清楚地展现在眼前，能看到以天空为背景，轮廓分明的黑色沙滩，右边像是茂密的树林，还有岩石耸立着。

上帝保佑这些可怜而勇敢的少年英雄们平安踏上那块陆地！

多尼范、戈顿、麦克3人把舵，布里安走向船头。很快就要接近陆地了，但是却找不到船能够安全停靠的地方，看来他们的帆船注定要触礁。这里的沙滩有很多暗礁，波浪之间的黑色礁石若隐若现，巨浪不断地冲击，拍打着海岸，如果帆船撞到这些暗礁上，船一定会被撞得粉碎。

船马上就要搁浅了，布里安决定把大家召集到甲板上，于是他去把升降口的窗户打开，喊道："伙伴们快出来！"

小狗最先跑了出来，然后在船尾的10个孩子也都出来了，那些年纪比较小的孩子看到眼前惊涛拍岸、浪花四溅的景象，吓得连大气都不敢喘一口。

凌晨6时的时候，"斯拉乌吉号"已经靠近暗礁了。

"坚持住……坚持住……"布里安祈祷着。

船体立刻开始晃动起来，触礁了，虽然船体不断地晃动着，但海水还没有进到船舱里来。

突然，一个巨浪扑了过来，帆船向前滑行了50英尺，跟前面一块巨大无比的岩石相撞，随后左舷倾斜，任凭波浪击打，帆船搁浅在大岩石背后的小岩石群里。

尽管此时的帆船不是位于海面上，但离海岸还有一段不近的距离！

触礁受阻

海面上的雾气已经散去，能清楚地看到帆船广阔的四周，天空的云彩仍然飞快地跑着，狂风依然强猛如初，在这片不知道是太平洋什么地方的海岸，也许这最后的狂风在逼近帆船了吧？

这正是布里安他们所盼望的。

此时此刻，帆船的危险并不比夜里小，风暴比夜里的还要大，巨浪撞击着栏杆，浪花四溅，船卡在这里尽管不能动弹了，撞击却十分激烈，船体颤抖不停，船舷触礁，被岩石卡住却没有被撞破，布里安和戈顿下到船舱查看，发现海水并没有进到船里面。

两个人在不停地安慰着大家，特别是让小伙伴们安下心来。

"大家不用害怕！"布里安反复强调说，"船能挺住！我们离海岸不远了！再稍等一会儿，我们就能找到上岸的办法了。"

"我们还等什么呢？"多尼范追问说。

"是呀，我们还等什么呢？"一个叫做威尔考库斯的12岁左右小孩子说，"多尼范说的对，还等什么呀？"

"你们没有看到这个时候的波浪还在凶猛地撞击岩石吗？"布里安回答说。

"再等一会儿船不会被巨浪击个粉碎吧？"与威尔考库斯年龄差不多的威普说。

"不会发生这种情况。"布里安说，"只要潮水能退下去，退潮了，风再稍稍平静点，咱们就有办法登陆。"

布里安的想法是正确的。尽管太平洋上没有什么很大的大潮，但是涨潮和退潮却完全不同，所以最好还是稍等几小时，风势一弱下来就好办了。大概在退潮之后，能露出一部分暗礁，到那时再下船危险就会小多了，只要踩着那些露出水面的暗礁就能登陆。

尽管布里安的劝告是正确的，但是多尼范及其他几个人没有听从布里安的劝告，他们几个聚在船头，说着悄悄话。

事实上，多尼范、威尔考库斯、威普，还有那个叫做库劳斯的少年，他们并不愿听从布里安的指挥，在"斯拉乌吉号"长时间的航海中，他们几个之所以能听布里安的话，那是因为布里安有一些航海经验。

他们早就计划好了，一旦登陆，他们就要自由行动了，尤其是多尼范，他自以为自己比任何人都聪明，在此之前，多尼范一直想跟布里安一较高低，原因是布里安是法国人，而英国的少年们，打心眼里不愿服从这个法国少年的指挥。

因此，有这种心理驱使，就算目前这种危急时刻，他们几个也会生出一番事端来。

但是，多尼范、威尔考库斯、库劳斯、威普4人，还没有立刻附和布里安的想法，他们也不敢马上就渡水上岸，海浪一个比一个大，无法上岸。多尼范他们几个也只得承认布里安说再等是正确的，这4个人走向了船尾，不跟布里安站在一起。

这时，布里安对站在旁边的戈顿他们说："不管发生什么事，我们一定要团结一致！大家应该在一起，不然，会出意外的！"

多尼范不屑地说道："你想控制我们！"

"多尼范，你误会了！"布里安回答说，"我是说为了我们的生命安全，我们一定要团结！"

"布里安说得对！"戈顿说。戈顿人很好，非常稳重，从不乱说话。

"对！对！"布里安很有威信，很多小孩子都支持他。

多尼范不再说话了，但是他和那几个伙伴，一直都没有跟布里安他们站在一起，直到救助工作开始。

这到底是什么地方呢？是太平洋的岛屿？还是延伸的大陆呢？"斯拉乌吉号"离海岸还有一段距离，所以无法看得更远更清楚，他们还不知道现在身在何处。

其实，这是片广阔的海湾，两侧被海角环绕着，北边是高高的悬崖，南边是细尖的岩石。布里安拿着望远镜想看清楚两侧海角的地形，可惜的是，望远镜的视野不够远，看不清楚。

如果这块陆地是个岛的话，在帆船卡在礁石之间驶不出去的情况下，那么怎样才能离开这艘帆船呢？过不了多久就要涨潮，如果不把船拽到礁石上，船不可避免会被撞碎。还有，如果这个岛是个无人岛——太平洋海域这种岛不在少数——除了能从船上运下一些食物以外，再也没有任何物资供给，少年们面临的是生存问题。

相反，如果这里是大陆，生存的机会就多了。因为这里肯定是南美洲，即使不是马上，也会在登陆后的几天之内，碰到住在南美洲上的人，确实这片不知名的海岸，危机四伏。但是此时除了登陆，再也没有其他的办法了。

天大亮了，这时前方的一切都在少年们的眼皮底下，海岸、后面的断崖、断崖下的灌木丛，布里安则紧靠着右侧的河口。

总之，虽然这个海岸的景致看上去不怎么样，但碧绿的草木，与一般地方相比，显示出了土质优良，因为海风被遮住了，能断定悬崖的对面，植物说不定生长得非常茂盛。

看来这里好像没有人居住，在河口，甚至连院落、小房子都没看到，即使有土著人居住，恐怕也是住到了猛烈的西风吹不到的纵深腹地去了吧！

"海岸上没有人出现！"布里安放下望远镜说。

"在海岸上连船也没有！"麦克说。

"没有港口，怎么会有船呢？"多尼范挖苦麦克说。

"这跟港口没有关系，"戈顿接着说，"渔船停在河口的事情也不少见嘛！为了躲避风暴，也许到河岸上去了呢！"

戈顿的判断是有道理的。但是，情况还是不妙，一艘船也没有看到，也没发现有人居住的迹象。船上遇难的少年们，当前更应该多思考思考怎样逃到海岸上去。因为他们还没有度过危险期。

潮水稍稍退去了一些——但是退得十分缓慢，从西北方向开始慢慢减退，从海面上吹来的风阻止了退潮，暗礁也从水面上露了出来，此时并不适合登陆，因为潮涨潮落是无规律的。

7时了，大家开始把最重要的东西搬到了甲板上，其他物品，如果在涨潮时往海岸上搬的话，容易被潮水冲走，布里安他们在齐心协力地搬东西。在船上，有罐头、饼干、盐、熏肉等许多食品，先把它们包好，等一下由大孩子搬到岸上去。要想这样搬运东西，必须等暗礁露出来的时候才行，如果退潮，说不定海滩岩石也会显露出来。

戈顿和布里安，聚精会神地注视着海面。这时风向发生了变化，风也平静了一些，波浪击打的势头也减弱了，岩石周围的水位逐渐下降，帆船因水位下降，左舷越发倾斜，再这样下去，帆船从侧面开始就会倾倒下去，如果在这个时候，船体进水可就太危险了。

不幸的是，在狂风中救生艇被风刮走了！如果此时此刻有艘小艇，大家坐上它，要上岸就容易多了。因为不能滞留在船上，所以必须把船上的东西搬下去，如果有艘小船往返于海岸和帆船之间，那该多好啊！

　　还有，如果"斯拉乌吉号"今晚被波浪击碎了，那么船上的食品也将会被大海吞噬，这些少年们不久就只能利用这块土地上的物资了。

　　要进行救助，一定要有小艇帮忙！

　　突然，巴库斯塔在船头大声喊了起来！原来他们以为早已被巨浪卷走的杂用船和绳子缠在一起，还在船上呢！这艘小船，最多能坐五六个人。大家七手八脚地把它拽到甲板上，小船完好如初，还可以用。就在这时，布里安和多尼范为这艘小船大声争吵了起来。

　　原来正当多尼范、威尔考库斯、威普、库劳斯4个人正要把杂用船往海里放时，布里安过来问他们："你们这是干什么呀？"

　　"怎么啦，不行吗？"威尔考库斯说。

　　"你们要坐这艘小船走？"

　　"没错，"多尼范说，"我们就是要坐它离开这里！"

　　"你们扔下我们就不管了吗？"布里安问。

　　"扔下？你这是什么话！"多尼范样子很凶地说，"我没想扔下谁！一上了岸，我们就会派一个人把船划回来！"

　　"要是船回不来，"布里安边用手按着船边愤怒地说，"要是船撞到岩石上……"

　　"别跟他废话，我们快上船！"威普推开布里安说。

　　多尼范他们4个人硬是要把小船推向海里。布里安则紧紧抓住小船的一角不放。

　　"你们不能这样做！"他说道。

　　"你给我闪开！"多尼范回答说。

"我不允许你们这样！"布里安决心维护大家的利益，他紧紧地抓住小船不放。

"我们应该让小孩子们先上，你们不能这么自私！"布里安反驳道。

"你少废话！"多尼范也愤怒起来，"先说清楚，布里安，你别干涉我们的事！"

"我再说一遍，"布里安叫喊道，"我不允许你们这样做！"

布里安和多尼范争吵得越来越激烈，在这场争斗中，威尔考库斯、威普、库劳斯肯定是站在多尼范一边；巴库斯塔、萨布斯、格内托则当然支持布里安。正在双方僵持不下之时，戈顿赶来了。

年龄最大，处事最沉稳的戈顿在这个关键时刻站到了布里安一边。

"你们都干了一些什么！"他说，"都不要争吵，多尼范！潮水现在不是还很高吗，会把小船卷走的！"

"我！"多尼范叫道，"我看不惯布里安，他一直在控制我们。"

"不错，布里安一直在控制我们！"库劳斯和威普也附和着说。

"我没有这么做！"布里安回答说，"这可是事关大家命运的事，你们这么任性，会出大事的！"

"别吓唬我们了！"多尼范反驳说，"因为现在已经到达陆地了……"

"可是现在还不行，"戈顿生气地说，"多尼范，别太固执了！要坐小船的话，现在还不是时候，再等一会儿吧！"

戈顿非常出色地制止了一场争斗——这种事以前也曾发生过几次——最终大家都是听从了他的意见。潮水退下了两英尺，但船还不能从暗礁之间通过。

布里安从前桅往前看，对眼前的形势以及周围的地形做到了胸中有数，然后向船头走去，抓住绳子，登上了横木。

在暗礁之间，布里安看到了两侧包围岩石的通道，小船如果从那里通过就能上岸。但是现在帆船四周还翻卷着漩涡，帆船根本无法前行，一旦碰到岩石角，帆船肯定要被撞碎，只有等漩涡停止才可以行船。

布里安站在横木上，用望远镜看着悬崖那边，然后又看了看海岸，两个海岬之间有八九英里远，完全没有人类居住过的痕迹。

大概观察了半个小时后，布里安从横木上下来，把刚才自己看到的情况向大家介绍了一番。多尼范、威尔考库斯、威普、库劳斯4人沉默不语，但却听得很仔细。

戈顿询问说："帆船触礁是不是在早晨6时左右？"

"不错，是在早晨6时左右！"布里安回答说。

"什么时候会退潮？"

"大概需要5个小时，是吧，麦克？"

"对……五六个小时吧！"麦克连忙答道。

"这么看来，"戈顿接着说，"就是说登陆最理想的时间是11时左右了？"

"应该是这样。"布里安说。

"那样，"戈顿说，"我们开始准备登陆，再稍吃点东西，吃完东西必须休息一下。"

戈顿把登陆计划安排得非常周密。大家吃了罐头、饼干，填饱了肚子。布里安对小伙伴特别关心，他告诉詹金斯、阿依瓦森、道尔、科斯塔几个年纪比较小的伙伴别这么紧张，因为已经24小时没有吃东西了，担心他们一下子会噎着。

吃完东西后，布里安又回到船头，继续观察眼前的暗礁。

潮水退得非常缓慢，缓慢地令少年们焦急万分，但从船体倾斜的程度来看，水位明显下降了，麦克用测量绳量了一下，潮水退了8英尺，潮水到底退了没有呢？麦克心里没谱，他把想法对布里安讲了。

布里安又去找戈顿，两个人都觉得风稍稍有了变化，如果没有风潮水会退得更快一些。

"那我们现在该怎么办？"戈顿说。

"我也不大清楚，情况并不像我们所想象的那样！"布里安回答说，"要是大人就会明白下一步该怎么办了，但是我们年龄太小，又没有经验，我们所面临的困难很大！"

"我们必须做出行动了！"戈顿说，"死心吧，别等了，布里安，咱们只有小心开始行动了！"

"你说得没错！赶在涨潮前下船，要是再等上一夜，就没法救援了。"

"事实上，我们已经没有其他的路了！船快碎了，所以不管怎样也要下船。"

"对！我们必须下船，戈顿！"

"造艘木筏怎样？"

"这个问题我也想到过！"布里安说，"但是，木板都被风暴卷走了，船的扶手也坏了，赶造木筏不现实，时间不允许。只有这艘杂用船，不过此时波涛汹涌，也不能用。还有一个办法，就是把绳子打开，另一端拴到岩石的角上，这样才有登陆的机会。"

"谁去拴绳子？"

"我去！"布里安斩钉截铁地说。

"我帮你！"戈顿说。

"不用，我自己去！"

"你这样做太危险了，还是换用杂用船吧！"

"那样就会更危险，船冲走了大家就死定了，戈顿！还是留着应急用吧！"

布里安决定自己去拴绳子，他为了大家的安全不惜冒着生命危险下海去拴绳子。

船上有救生袋，布里安让小伙伴们拿上，在水深没过脚面的时候，由大孩子们拽着绳子，把船往岸边拽。

离11时还有45分钟，潮水也许会退到最低点，船头的水位已经不过四五英尺了，水位好像已经降到了最低。

这个计划非常危险，但是布里安从来没有想过让别人来代替自己。船上有许多长100英尺左右的绳子，布里安选了一根粗细均匀的绳子，捆在自己的腰带上。

"你们都过来呀，"戈顿喊着，"都过来，来拽绳子，快！"

多尼范、威尔考库斯、库劳斯、威普也不得不过来做这件重要的事，这是当前最重要的事情。

在布里安要下海时，他弟弟杰克跑了过来。"哥哥！你要小心啊！"他叫道。

"不要担心！杰克，我不会有事的。"布里安说，随后他立即下到了海里，顺水向前游去，绳子飞快地伸长了。

大海也好像变得平静了。要游过这样的海水十分艰难，波浪狠狠地拍打着岩石，这个勇敢的少年，在波涛的漩涡中寸步难行。

刚游出没多远，布里安明显感到有些疲倦了，前面又涌起两个大波浪，大浪滔天，假如避开浪头，另辟蹊径，或许能到达对岸的。布里安一心想从左侧通过，但是没能成功，即使是身强力壮，水性再好的成年男子也很难通过，一个巨浪猛扑了过来，布里安差点被漩涡卷走了。

"抓紧绳子！不要松手！"他拼命地喊着。

船上的少年们从没经历过这样的事情，感到惶恐。

"拉紧呀！"戈顿镇静地命令说。

没过多久，布里安被拽回到了甲板上，他早已憋得喘不过气来，他的弟弟杰克紧紧地抱着他，慢慢的他才缓过气来。

很明显，往暗礁上拴绳子是行不通的，换谁去拴绳子也不会成功的。接下来少年们只有等待，而没有别的办法……还等什么呢？等待援救吗？这是他们一厢情愿的想法，在这里，没有人会来援救他们。

现在是下午了，马上又要开始涨潮了，波浪的冲击又变得猛烈起来。由于是新月，因此波浪比昨夜更凶了，船还在雾中，情况非常不妙！

船上的少年们，聚在船尾，默默地注视着大海上的岩石一个一个被潮水吞没，潮水又汹涌澎湃了，更糟的是风跟昨天晚上一样，又从西边吹来，水位上涨，一旦波浪升高"斯拉乌吉号"就有覆船之险。能拯救这些少年们的，只有上帝了！上帝在哪里呢？孩子们都希望他立刻出现，救他们脱险！

接近午后2时，因涨潮浮起来的"斯拉乌吉号"，左舷不再倾斜了，帆船开始摇晃起来，因为船头底部被碰击，船尾也与岩石相撞，帆船摇晃得越来越厉害了，少年们互相挽着，以免掉到海里。

这时，就在前面不远的地方，从海面上漂过来像山一样的巨浪，有20英尺高，铺天盖地地向帆船砸来，"斯拉乌吉号"只好随波逐流，以免和岩石撞上，随即帆船顺势又在海上漂了起来。

位于波浪漩涡中的大帆船，没过多久就冲上了海滩，离悬崖下的灌木丛只有200英尺左右，最后帆船一下子陷到了坚固的土里不能动弹了。

帆船失踪

新西兰的首都奥克兰有一所很有名气的寄宿学校叫查曼寄宿学校，有100多个学生，都是当地有权有势人家的孩子，当地的毛利族人的孩子不能在奥克兰的学校上学。查曼学校里的学生都是一些英国人、法国人、美国人、德意志人的子弟，在这里，他们接受的是与本国完全相同的上等教育。

新西兰是一个四面环海的岛国。岛上风景秀丽无比。1860年2月15日午后，查曼学校的学生跟随着父母，快乐、兴奋地离开了学校。

学校开始放假了，假期是两个月，在这两个月里，学生们又将自由自在随意玩耍了。这些学生准备利用假期去航海旅行，查曼学校也一直有这样的计划，乘坐大帆船"斯拉乌吉号"，沿新西兰海岸航行。这该是多么令人兴奋的事情呀！

学校跟学生家长借来了漂亮的"斯拉乌吉号"，安排了6周的航行计划。船主即原船长叫做威利阿姆·H·格内托，是位十分讲究信用的人。孩子们的家长都非常支持他们，孩子们的航海旅行将是安全、快乐的。少年们高兴极了，在休假的数周内，能有此机会出海航行，真是一件令人高兴的事情。

英国人的寄宿学校同法国人的寄宿学校的教育方法大相径庭。学生在学校里非常自由，对学生将来产生的影响很大，与法国人相比会更早使学生变得成熟，他们教授学生正确的礼仪，讲究服装整洁，即使在惩罚学生时，也十分地公正。

学校根据学生年龄的大小把学生编成班，查曼学校共有5个班。在给学生充分自由的同时，惩罚也是非常严厉的，惩罚学生时，在不应该使用鞭子却被鞭打了的情况下，英国学生会感到人格受到了侮辱，如果做了坏事，学生绝对服从惩罚，从不争辩。

众所周知，英国人不管是在个人生活还是社会生活中，都十分注重传统。高年级学生给低年级学生以无私的帮助，同时，低年级学生必须尊重高年级学生。他们同法国学生不同，非常遵守校纪校规。

参与"斯拉乌吉号"航海的学生，是查曼学校在各班严格挑选出来的，选出8岁至14岁的少年共15名。这15名少年，一踏上

"斯拉乌吉号"就开始了惊心动魄的冒险旅程。

首先必须应该详细介绍一下这些少年的名字、年龄、能力、本质、家庭状况，放假前在学校的相互关系等。

在15人中，有12个人是英国人，布里安及弟弟是法国人，戈顿是美国人。

多尼范和库劳斯，他们的父亲都是英国殖民地新西兰的大地主，两个人同岁，都是13岁，是表兄弟，都读五年级。多尼范穿着讲究，非常爱打扮，他聪明好学，爱钻研学问，很好强，学习成绩一直名列前茅，但他喜欢装腔作势，爱压制别人。

他与布里安一直以来就不和，因为布里安的声望比他高，所以两人关系变得更加紧张。库劳斯是个很普通的学生，对表兄多尼范佩服得五体投地，言听计从。

同班的巴库斯塔也是13岁，稳重、喜欢帮助别人，心灵手巧，他的父亲是一个小商人。

威普和威尔考库斯都是12岁，四年级学生，学习成绩不是很好，也不是很差，争强好胜，爱打架，不太听高年级学生的话，家境富裕，他们的父亲都是大法官。

三年级的格内托和萨布斯都只有12岁。格内托的父亲是退役的海军将领，萨布斯的父亲是一个大商人，两家都住在威地马拉港的北岸。他们两家的关系非常的好，因此两个人总是形影不离，相处得很好，讨厌劳动，一劳动起来就不停地埋怨人。

格内托非常崇拜英国小说家丹尼尔·笛福，一有时间就读他的书，并把书带到了"斯拉乌吉号"上。萨布斯，是一个调皮的孩子，一心想着要去做冒险旅行，非常喜欢《鲁滨逊漂流记》和《瑞士的鲁滨逊》这类书。

詹金斯和阿依瓦森都只有9岁，詹金斯是新西兰科学协会会长的儿子。阿依瓦森的父亲是莫特罗波里坦教会的牧师。两个人分别是三年级生和二年级生，学习成绩都非常的好。

8岁的道尔和科斯塔，他们的父亲都在新西兰陆军将校，离奥克兰6英里的一个叫做乌钦加的地方，他们是真正的小孩子，道尔爱耍小脾气，科斯塔贪吃，除此之外，他们在其他方面表现得不错。因为是一年级学生，虽说成绩不算好，但能读能写，他们对自己的表现很满意。

以上这些孩子，都是定居在新西兰的体面家庭的孩子。

乘坐"斯拉乌吉号"的15位少年里另外3位——两个法国人和一个美国人。

美国人戈顿，14岁，是一个非常稳重的孩子，处事公道，动作有些迟缓，在五年级学生当中，他是最沉稳的。他头脑像多尼范一样，不是很聪明，却有正义感和随机应变的能力，现在他已经显示出了这方面的才能。

他观察能力很强，沉稳镇定，做事认真，谨小慎微，考虑问题首先在头脑中分析成形，如同摆放到桌上的物品必须通过账面分类记录好一样，因此，同年级学生尊重他，都愿意跟他相处。

尽管他不是英国人，但很受同学们的欢迎。他出生于美国的波士顿，因为父母过早去世，所以寄养在亲属家，只有监护人，监护人是原驻新西兰领事，现在是一个大富翁，他们住在圣约翰山村附近一个环境很好的别墅里。

布里安和杰克是法国人。3年半前，布里安的父亲作为伊卡·纳·马乌依中央沼泽地的大型排水开垦工程的著名工程师来到新西兰，兄弟两个也跟随来到了这里。

布里安的年龄不大，只有13岁，特别聪明，但学习成绩不好，读五年级时曾有过考试成绩排在倒数第一名的时候。虽然如此，他仍是非常出色的，这也是最令多尼范无法忍受的，多尼范不能容忍布里安比他出色，在查曼学校时两人就经常有些磕磕碰碰的小事发生，结果造成两个人在"斯拉乌吉号"上的口角之争。

布里安勇敢，热衷冒险，爱好体育运动，身体健壮，为人和气，他一丁点儿也不像多尼范那样好装腔作势，也不注重穿着打扮，是个勇敢、机智的少年。因此，他与其他的同学关系也相当亲密，他还爱打抱不平，经常打架，从来没有输过，大家都很崇拜他，即使他在"斯拉乌吉号"上做指挥时也是如此。从欧洲到新西兰，更加增长了他的航海经验。

弟弟杰克，是查曼学校出了名的淘气鬼。他爱做一些恶作剧，戏弄他的同学，为此他多次受到学校的处罚。可是，自从他乘上了"斯拉乌吉号"，不知为什么整个人都变了，很难找到他从前的影子。

由于风暴的原因，漂流到太平洋这块不知名的陆地上的少年们，就是由这样一些孩子组成的。

"斯拉乌吉号"沿新西兰的海岸做数周的航行，这艘帆船的指挥者即船主，也就是格内托的父亲，他原是澳大利亚最勇敢的水手之一，这艘帆船到过新喀里多尼亚、澳大利亚、摩尔卡、菲律宾、塞列贝斯附近的海域，有过很多次的成功航行，"斯拉乌吉号"也曾出入过异常危险的海域。这艘帆船十分坚固，遇到风暴时也不必担心。

乘务人员，有水手长、水手6人、厨师，另外还有一个见习水手——12岁的黑人少年麦克。麦克的家人很早以前就到了新西兰，给富贵人家当佣人。船上还有一条美国种的狗，一只漂亮的猎犬，它是戈顿的，整日陪伴在主人身边。

"斯拉乌吉号"选定在2月15日起航。

2月14日夜晚，重要的船员还没有上船的时候，少年们就先上船了。格内托船长要到快开船时才会出现，跟随他的有水手长和见习水手，其他水手还在岸上把酒言欢。这时，少年们已经睡着了，于是水手长也上岸和水手们一起畅饮去了。水手们喝过了头，直到深夜也没有上船，只有见习水手麦克一人躺在船员室。

到底是怎么一回事？其中的原因可能永远都是个谜，总之，是船绳自然松开了呢？还是谁故意把船绳解开的呢……反正船上的人什么都不知道。

海港四周十分寂静，一切活动都停止了，这个时候港口刮起了大风，"斯拉乌吉号"被海潮推着，向海面上漂去。

当见习水手麦克睁开眼睛时，立即感觉情况不妙，帆船正在大海里摇晃不定，麦克急忙跑到甲板上一看……哎呀！"斯拉乌吉号"正在海面上漂流着。

麦克的惊叫声吵醒了船上安睡的孩子们，戈顿、布里安、多尼范急忙从床上跳下来，冲到了升降口外边，他们想请求援救。但是四周看不到街区和港口，帆船已经在海上漂了将近一个小时了。

起初，布里安和见习水手意见一致，少年们把帆扯起，想要借风重新回到港口，但糟糕的是由于逆风行船，船帆太沉重，又刮着西风，本意想往回走，但没有想到事与愿违，船离港口越来越远，"斯拉乌吉号"绕过科尔威尔海域，越过海峡，离新西兰已经很远了。

情况非常不妙。布里安他们获得来自岸上的援救机会几乎不存在了，他们花费了很长时间寻找从港湾驶出来的船只，但是就算到了早晨，像这样在大海上漂泊的小船怎么能够被发现呢？如果说靠自己的力量去援救，船上却又全都是些孩子，这是很难做到的，如果风向不变，那么船回到港口的希望就破灭了。

当然，希望还是有的，那就是如果能碰到驶往新西兰的船只，虽然这种情况出现的可能性不大，这种机会几乎等于零，但是麦克不愿错过这个机会，他在前桅的顶端挂起了信号灯。

船上年纪比较小的孩子，就是在这种慌乱的情况下，眼睛也没有睁开，他们睡得很香，最好还是让他们在睡梦中吧！孩子们要是醒来，肯定会非常恐慌，船内会乱成一团的。

为了让"斯拉乌吉号"能回到港口，他们想了很多办法，可是不管怎样努力，船仍然急速向东漂流而去。

突然，他们看见了前方两三海里远的地方有光亮，是从桅杆顶端发出的白光——那是在海上航行的汽船的标志。没过一会儿，又看见了红、绿两种光亮，那艘船也发现了"斯拉乌吉号"，向"斯拉乌吉号"驶了过来。

少年们兴奋极了，他们终于有机会回家了，他们在船上大喊起来。波涛声、汽船的喷汽声、风声同时作响，少年们的叫喊声立刻就被这些声音淹没了。

就算汽船上的人没有听到少年们的叫喊声，值班水手不可能也没有看到"斯拉乌吉号"的信号灯吧？那可是少年们最后的希望啊！

更要命的是，由于船体的剧烈晃动，绳索突然晃断了，信号灯掉到了海里，唯一显示"斯拉乌吉号"存在的标志都没有了，那艘汽船飞快地朝"斯拉乌吉号"驶来。

一眨眼的工夫，两艘船擦肩而过，假如它正好从侧边撞过来，"斯拉乌吉号"肯定会被撞沉，幸运的是它只是擦了一下船尾，把写有船名的船尾板撞碎了。

两艘船碰撞得并不严重，所以彼此都没有觉察，汽船抛下在风浪中摇晃的"斯拉乌吉号"，独自开走了。

也常有在彼此两艘船相撞之后，船长为逃避责任，加速逃跑的，这是犯罪行为。汽船与这种轻型的，甚至连船形都没有看清的帆船相撞之后，就溜之大吉，也是不讲道德的。

在大海上，乘坐在靠风而行的帆船上的少年们，他们的希望彻底地破灭了。天亮了，无边无际的海面上连一艘船也没有，太平洋海域的这一带很少有船只通过。往返于美国和澳大利亚的船只，都是沿着正南、正北的航线航行。夜幕又一次降临，天气变得更坏，虽然风暴能平静下来，但是风仍然在继续刮着。

船上的少年们，对这种航海，再也忍受不下去了，要让"斯拉乌吉号"回到新西兰海岸的努力已经是徒劳的了，他们不知道如何才能使帆船改变方向，也没有力量把船帆扯起来。

就在这生死攸关的时刻，布里安显示出了普通少年身上少有的胆识，他开始指挥大家怎样自救，多尼范也只好服从他的指挥了。

虽然很难再把船开回到奥克兰的港口了，但是布里安和麦克一起运用他们掌握的不多的航海知识，竭尽全力不让帆船被大海吞噬，白天黑夜不知疲倦地寻找救援帆船的一切机会，他们不想错过任何的生存机会，并把"斯拉乌吉号"遇险经过用纸写下来，塞进许多小瓶子里，投入大海中，这个方法很好，他们又多了一个生存的机会。

强劲猛烈的西风仍然在刮着，推着帆船向前漂流，船上的孩子们无法让船停下来，或者使船速减慢。

如前所述，"斯拉乌吉号"离港数日后，海上起了风暴，持续了两周，席卷了整个海面。狂风巨浪时刻在威胁着帆船，多少次险些沉到了海里，最后，"斯拉乌吉号"被风暴送到了太平洋上这块无人知晓的土地上。

在海上漂流了1000海里的孩子们，目前的命运又是怎样了呢？到底有没有生还的可能呢？孩子们的亲人，不得不面对这样一个残酷的现实：他们都被大海吞噬了。

这并不是无稽之谈。

在新西兰的奥克兰，2月14日夜里，"斯拉乌吉号"失踪之后，格内托船长立刻通知了孩子们的家长，发生了如此重大事件，整个奥克兰都轰动了。

查找救援工作立刻在海港开始了，两艘小型汽船，在离港湾数英里的海域，不分白天黑夜地搜寻，搜寻的船只很快就把附近的海域搜索遍了。

海面上大浪滔天，早晨，当搜索船回来时，并没有找到"斯拉乌吉号"，搜寻员只在海里发现了被撞碎的船尾碎片，那是"斯拉乌吉号"与秘鲁的汽船"库依顿号"碰撞时，被撞碎的写有船名的船尾板。

因为船板上刻有"斯拉乌吉号"的船名，所以人们认为那艘帆船已经被海浪击碎，在距新西兰海岸12海里的地方被大海吞噬了。

绝处逢生

正如布里安在桅杆横木上观察的一样，海岸上的确没有人烟。一小时前，帆船在沙滩中搁浅，这附近一点儿也看不到有人的踪迹。在悬崖前面的树丛下边，涨潮时的河口，连一间院落、小房子都看不到，沙滩上也未发现有人的脚印。在河口，连艘小木舟都没有，在南北两个海域环绕着的这一带港湾，也没有人居住。

布里安和戈顿同时想到了应该到树丛中去，然后登上悬崖进行观察。

"我们终于安全着陆了，这下可好了！"戈顿说，"可是这里不像有人居住，这是什么地方呢？"

"这些都不是最重要的，重要的是我们有没有能力在这里生存下去。"布里安说，"咱们现在的问题是，有食物、有弹药，缺少的就是安身的地方。到目前还没有发现……至少也要为小伙伴们想想办法，他们还小，需要我们的帮助。

"确实是这样的。"戈顿说。

"先搞清楚这到底是哪里，"布里安接着说，"是我们当前必须要做的事情，这里要是大陆，我们还有被救的希望；这里要是个岛，是无人岛……到那时再说吧！不用再等待了，我们四处去探查一下吧！”

两个人立刻爬上了悬崖与河的右岸之间的开阔森林地带，离河口三四百步远，有一个土坡。

这是一片原始森林，年久腐烂的树干横躺在地上，枯干的树叶一直没过布里安和戈顿的膝盖，戈顿他们走路发出的声音惊飞了树上的鸟儿。如此看来，这个海岸，显然是没有人居住的，不过倒像是附近的居民时常到这个岛上来。

没走多久，两个少年穿过了森林，来到了有许多岩石的南侧，这里的树木也很茂盛，悬崖平均高度有八九十英尺左右，像屏风一样耸立着，地面坎坷不平，能住在这里也是一种享受。要是有真正的洞穴，还有树丛能挡住海风的吹拂，这将是一个天然的藏身之所。帆船上的少年们，暂时居住在这里，然后再进行详细的探查，向更加安全的地方进发。

遗憾的是，戈顿和布里安在这片峭立的岩石中，没有发现洞穴，在悬崖顶上也没有安身的地方，如果再向深处走，就可能回不到这片悬崖中间来了。

大约花费了半个小时，两个人沿着南侧从悬崖上下来，来到了河的左岸。这条河是自东向西流的，在这边的河岸，茂密的树木投下了巨大的影子，地势非常平坦，但没有长草木，与右岸完全不同，到南边的地平线为止，是一大片渐渐变宽的沼泽地。

布里安和戈顿想，如果能爬到悬崖的顶部，就能看到更远的地方，但是此时两人已经累得抬不起腿了，于是他们俩只得返回帆船上。

多尼范和他的那几个朋友无所事事地坐在岩石上，詹金斯、阿依瓦森、道尔、科斯塔4个人，在海滩上拾贝壳。

布里安和戈顿，向大孩子们讲述了刚才的所见所闻，大家商量后一致认为，应该对这一带再作进一步的详细调查，然后再离开"斯拉乌吉号"。

　　帆船的底部已经裂开了，左舷倾斜，这艘帆船不是他们的久居之地，船员室上边的甲板尽管裂开了，但是船厅和后部的船室还能遮挡风雨，船里的用餐室完好无损，这对于把进餐看成是最快乐事情的小孩子来说，再也没有比这个更幸福的了。

　　布里安他们在帆船搁浅之前，幸亏没有把生活必需品运到海岸上去，假如往岸上运，不但麻烦而且还费力，如果"斯拉乌吉号"在暗礁外侧搁浅，把物品搬到岸上去就是犯了最大的错误，即使帆船没有沉没，那么少年们又该怎样去打捞那些十分珍贵的生活必需品呢？

　　因此，眼下最好还是先在"斯拉乌吉号"住下来，船上所有的孩子们都顺着船上的绳梯，从甲板的升降口下到船舱里。麦克是见习水手，会烹饪，萨布斯给他当助手，两个人立刻就为大家准备起食物来，大家狼吞虎咽地用完了餐。

　　一吃饱饭，詹金斯、阿依瓦森、道尔、科斯塔4个小孩子，又开始活蹦乱跳了起来。以前在学校时，最顽皮淘气、爱恶作剧的只有杰克一人，但是一上了船，他的本性、习惯却突然发生了惊人的变化，似乎一下子变得异常沉默寡言了，没有跟其他小朋友在一起玩，令人觉得不可思议。

　　因为有风暴，危险的事情随时都会发生，在这里不知还要等待多少天。孩子们都很累了，小孩子们回到了船舱，不久大孩子们也去睡觉了。布里安、戈顿、多尼范3个人，轮流值班，以防其他意外事故发生。一夜平安，没有意外情况发生，早晨太阳出来了，大家又开始了一天的工作。

首先应该做的事情是统计一下船上的生活必需品的具体数量，这片海岸不像有人居住，所以食物是头等大事。在这片海岸，要想获取食物除了靠打鱼和狩猎之外，恐怕别无他法了。狩猎需要有好猎手，多尼范只在暗礁、大岩石上看到了小鸟，在这里只能猎食海鸟，这不能不说是件遗憾的事情。所以必须节省船上现有的食品，弄清楚能吃几天。

统计的结果是，有大量的饼干，还有罐头、火腿、干肉、盐、熏肉，这些东西就是再节省最多也只能维持两个月，为了去寻找海岸的港口，或者到位于纵深腹地的城市去，可能要走上几百英里的路程，因此必须准备充足的食物，尽可能在这块土地上解决食物问题，那是最好的了。

"我希望这些食物完好无损，"巴库斯塔说，"要是海水浸到了罐头里……"

"把罐头打开看看就知道能不能吃了，"戈顿说，"把里边的东西再煮一遍，或许还能吃……"

"让我瞧一瞧。"麦克回答说。

"开始行动吧！"布里安说，"现在只能靠船上的食物维持了。"

"这样吧，"威尔考库斯说道，"咱们今天就到北边的岩石那里去，捡些能吃的鸟蛋什么的，怎么样？"

"太棒了，太棒了！"道尔和科斯塔说。

"再看看有没有鱼！"威普突然兴奋地说，"船上有不少钓线，海里有的是鱼，谁去钓鱼？"

"我去！我去！"孩子们兴奋地叫道。

"好！好！"布里安说，"这可不是去玩耍呀，谁要是不好好钓鱼，就不发给钓线。"

"没问题的，布里安！"阿依瓦森说，"钓鱼还不容易吗！"

"好！不过我们先把帆船上的东西清点好，"戈顿说，"只想着找吃的东西可不行啊……"

"早餐的食物就是贝壳了！"萨布斯告诉小孩子们说。

"对！"戈顿说，"小伙伴们，三四个人一起去，麦克也一起去吧！"

"好的，我愿意！"

"要注意安全！"布里安嘱咐说。

"好的，会注意的！"

见习水手麦克动作十分灵敏，也很勇敢，对于帆船的少年们来说，有麦克和他们在一起，真是太安全了。他对布里安非常忠诚，布里安也明显地流露出了对麦克的信任。多尼范等一定会认为布里安与麦克关系密切是件不妙的事。

"出发！"詹金斯兴奋地挥了挥手。

"你不去吗？杰克！"布里安问杰克说。

杰克说他不想去。詹金斯、道尔、科斯塔、阿依瓦森4个小孩子，在麦克的带领下去海滩边捡贝壳去了。

他们沿着退潮后露出的暗礁走着，幸运的话在岩石缝中能捡到贝壳，带回去煮熟它，那可是一顿非常可口的早餐。这些小孩子们去捡贝壳，与其说是去劳动，还不如说是快乐旅行呢！他们一路上活蹦乱跳，对于他们这般小小的年纪来说，这很正常。他们把在海上的冒险，眼下处境的危险全抛到脑后边去了。

小孩子们离开后，大孩子们开始清点船上的物品。多尼范等4人，负责清点武器、弹药、衣物、行李、船上用的工具；布里安等4人，负责清点葡萄酒、威士忌等喝的东西；戈顿把这些全部详细地记到笔记上，他记录得非常认真，一丝不苟，如同在填写财产目录一般认真查点着。

先是清点出还有一整套备用的帆、船具，这些东西很重要，暂时虽然不能航海了，但是日后重返新西兰还需要用它们呢！还有钓鱼的用具，如果这一带海岸有大量鱼的话，这也是极其重要的东西。

武器方面：猎枪8支、鸟枪一支、手枪一打；子弹300发，25磅重的弹药两箱，另外还有很多的铅弹和霰弹，这些都是原来准备在新西兰沿岸航海旅行中狩猎用的。如今，它们成了孩子们所在的这个无人岛上坚强的生存后盾。

当然了，在万不得已的情况下，最好不要用枪支武力来保卫生命。在仓库里，还找到了夜间联络用的导火线，还有为"斯拉乌吉号"上两门小炮准备的数十发炮弹。

日常生活用品也很多，即使帆船上的少年们必须长期在这里生活下去，也足够用的了，虽然帆船触礁时，撞坏了船上的一些器具，但是并没损失多少。

如果再有一些法兰绒、呢绒、棉质衣物就更好了，这里同新西兰的纬度相同，那么一定会是夏天热、冬天寒冷。幸好船上这类衣服有不少，在船员室还有裤子、毛质运动上衣、雨帽、厚毛衣，有这些就不用害怕严冬了。到万不得已而必须把船弃掉向更安全的地方转移时，大家必须带走一些行李，节俭使用，这样才能维持长久。

谁也不知道他们会在这里住多久。

戈顿的笔记上还记载有：晴雨计两只，寒暑计一只，表两只，浓雾时用的扩音器一个，望远镜3个，大型罗盘一个，小型罗盘两个，长筒大望远镜，还有英国国旗，各种各样的小旗，另外还有过河或过湖时用的，能够折叠成书包大小的小橡皮艇。

在工具箱里，有一套完整的大工具，有纽扣和针线，这是少年们的母亲们给他们带上的。有火柴、火石，取火非常方便，安全又省事。

船内还有详细的海图，这是新西兰沿岸诸岛的地形图，此时此刻这张地图对落难的孩子们没多大用处。幸好戈顿带着世界地图，才弥补了没有地图可看的缺陷。

在船上的图书室里，有各种各样的好书，除了旅行游记和科学书籍外，还有关于鲁滨逊的小说。萨布斯最喜欢读有关鲁滨逊的书，格内托喜欢读丹尼尔·笛福的书。最后还找到了写字本、蘸水笔、铅笔、墨水、纸、1860年的日历。巴库斯搭得到了翻日历的工作。

"今天是3月10日了。"他说，"10日以前的没用了，撕掉算了。"

在帆船的金库内，还存有不少金币，此时此刻虽然没有什么用，但并不代表以后也没有用。戈顿还细心查看了堆积在船底厨房里的木桶，装有各种酒的木桶，在帆船触礁时被撞裂，酒从桶里流了出来。戈顿他们把剩下的酒装到没有破损的木桶里去了。

结果，在这艘帆船底，还有四五百升的葡萄酒和雪利酒，250升的杜松子酒、白兰地、威士忌，装有100余升的淡色啤酒有40桶。还有其他各种酒30瓶，这些酒包装得非常牢靠，没有被撞碎。

这15位落难的少年，至少在较短的时间内不用顾虑生存问题。下一步就是要了解这里有没有食物。如果这里是个岛，就算有船在附近通过，也不会有人上岛来救他们，他们会被困在这里永远也逃不出去的。他们没有人会修船，但又必须努力去做。

横穿太平洋回到新西兰去，简直是他们想都不能想的事。如果附近有大陆或岛屿的话，他们会竭尽全力去寻找的，这能够做到。可是，船上原有的两艘救生艇，早在大海上就被风暴卷走了，剩下的杂用船，只能作为沿岸航行用。

几个小时过后，麦克带领小孩子们回到了"斯拉乌吉号"。他们做了不少的事情，捡了很多贝壳回来，这些贝壳都被麦克做菜了，另外，他们还捡了不少鸟蛋。麦克还发现了一种能食用的岩鸽，大量地生活在岩石附近，岩鸽一般在悬崖的高处做巢。

"太好了！"布里安说，"我们又多了一道菜。"

"不错，"麦克回答说，"只用两三发子弹，就能打下几只岩鸽。假如用网罩在岩鸽的巢上，捕捉它们是很容易的事。"

"这个想法不错！"戈顿说，"正好多尼范想去打猎……"

"打猎是我的爱好！"多尼范回答说，"威普、库劳斯、威尔考库斯，我们一起去好吗？"

"好！"这3个少年，听说要用步枪去打岩鸽，十分兴奋，齐声应答。

"应该注意的是，"布里安提醒说，"别打得太多了，按需要去打，最好别浪费子弹。"

"怎么会呢！"多尼范心里不悦。他觉得被别人，尤其是被布里安提醒特别讨厌。"我们还没有打呢，你就这么说，真讨厌！"

没过多久，麦克招呼大家说午餐准备好了，于是大家回到帆船上进餐。

在船上，桌子还倾斜着，然而对于船体晃动已经习惯了的孩子们来说，这算不了什么，虽然厨师的手艺不怎么样，他们还是声称作得好吃。处在这种成长期的孩子们，食欲旺盛，吃什么都香，饼干、咸牛肉，还有退潮时从河口取来的不含咸味的清水，与一点白兰地混合在一起，令他们吃喝得津津有味。

午后，进行修船和物品分类。詹金斯和小孩子们到河边去钓鱼。吃完晚饭后，大家早早就休息了，轮到巴库斯塔和威尔考库斯两个人值班，这一夜平安无事。

就这样，在太平洋这块土地上，少年们平安地度过了两个夜晚。

这15位少年，经过这次在荒无人迹的天涯海角漂流，似乎已经具备了一些经验，生活物资也不缺乏，尽管身陷困境，但是聪明勇敢的少年们，不屈不挠地生存了下来。对于这些年龄普遍都偏低的少年们来说，如果一直这样下去，那么他们还能够坚持多久？真令人担心。

外出探险

这里到底是什么地方？布里安、戈顿及多尼范一直在思考着这个非常重要的问题。他们3个人实际上已经成了这支小队伍的真正核心。小孩子们随遇而安，可是他们3个大孩子跟其他小孩子们想得不一样，他们想到了将来。

对此，3个人进行了认真仔细的商量。这块土地不管是大陆还是小岛，现在已经弄明白的是这里不是热带。只要看看在河岸上生长的那些茂密的树木，山毛榉、桦树、赤杨、松树、枞树就能搞清楚，因为太平洋中部地区没有这种树木。

这里比新西兰纬度要高，似乎离南极很近。令人担心的是这里的冬天将会非常寒冷。悬崖下边的森林中，树木的枯叶厚厚地把地面遮住了，只剩下松树和枞树还长有树叶。

少年们在帆船上住了两天，戈顿说道："住在这里不是长久之计！"

"确实是这样。"多尼范回答说，"如果我们一直等到冬天，再去寻找有人居住的地方，必须走上几百英里的路程，那可就晚了！"

"我们暂时只能这样！"布里安说，"反正现在才3月中旬。"

"但是，"多尼范说，"好天气只到4月末，我们的时间已经不多了……"

"现在我们还没有找到有人居住的地方。"布里安不赞成地说。

"这不是我们不前进的理由。"

"当然，"戈顿说，"可是，就是有路，该怎么走，这还是一个没有解决的问题。"

"不管怎么样，"多尼范回答说，"在严寒和雨季到来之前，我们再不弃船而去，那就晚了，到那时再后悔，那就是傻瓜了。"

"即使那样，"布里安反驳说，"也比无头的苍蝇到处乱飞乱撞要好得多。"

"你这是什么话！"多尼范一听就生气了，"别人不同意你的想法，,就像无头的苍蝇了？"

两个人话不投机，一场争斗又要上演，戈顿赶忙劝阻两人。

"现在还不是打打闹闹的时候，"他说，"我们要想更好地生存下去，首先必须团结一致。这里如果离有人烟的地方比较近的话，那么多尼范说得对，必须应该立刻离开这里。但是，布里安说的也不是没有道理。"

"不错！"多尼范说，"不试一试怎么知道呢？"

"对，"布里安说，"假如这里是大陆的话，这样做是可行的，可是，这里要是个岛，并且是个无人岛，那不可行。"

"因此，"戈顿说，"行动前必须想清楚，东边有没有海，还不能确定，如果'斯拉乌吉号'往那边驶去……"

"不能开船去！"多尼范叫喊道，他仍然固执地不肯改变自己的主意，"在这样的海岸，如果冬天风暴袭来，任何人都受不了。"

多尼范的话很有道理，戈顿也只好勉强服从了。

"我去探查！"布里安说。

"我也去！"多尼范说。

"还有没有人去？"戈顿接着说，"这是远途探查，小孩子们不能去，有两三个人就够了。"

"糟糕的是，"布里安说，"从崖顶开始向四周环视，没有看到高山。这正像咱们从海上看到的一样，土地低洼，连座山都没有。悬崖的那边，也不像有高的地方，它的对面，是森林和荒原、沼泽，有条河从那里流过。"

"不管怎么样，我们首要的任务就是先在这一带探查一番。"戈顿说。

"我们还到不到海湾北侧瞧瞧？要是能登上北侧的海岬，会看到很远……"布里安说。

"我也想过这个问题，"戈顿回答说，"对，那个海岬，高度有250英尺或300英尺，比悬崖高许多。"

"那让我去吧！"布里安说。

"没用的，"多尼范说，"从那里能看到什么呀？"

"你还没看怎么知道呢。"布里安反驳他说。

绕过海湾，那里的岩石很大。海的那边，岩石峭立，背面像是有悬崖排列着。从搁浅帆船的地方到那个海岬，沿着海岸走有七八英里，假如走直线，最多不过五六英里。戈顿说得不错，悬崖的高度有海拔300英尺。

站在这样的高度，看清楚应该不成什么问题，在东边，也许会有什么能挡住视线的东西，因此，海岬的对面有些什么东西，就可以知道了。走到海湾边，最好在那里登上悬崖进行四处眺望。东边要是开阔地带，从那个悬崖就能将那些地方尽收眼底了。

大家都同意这个计划。多尼范因为提出这个计划的是布里安，而不是他自己，所以就说实施这个计划没有多大意义。事实上，这个计划对以后的行动起着决定性的作用。同时，他们决定在没有弄清这一带有没有大陆之前的这段时间里，还不能把帆船放弃。

但是，这次探查计划在以后的5天内并未能得以实施。天气说变就变开始下起毛毛细雨，风也变得寒冷起来，地平线上乌云密布，影响视线。

虽然天气不好，这几天时间也没有白白浪费掉，他们做了不少有益的事情。对比他小的，布里安像父亲一样亲切关怀，给予帮助并鼓励他们，温度渐渐下降，他让小孩子们把船里所有的衣服都穿到身上。

小孩子们也十分勤快，格内托和巴率斯塔领队，领着小孩子们在退潮时到海边岩石上去捡贝壳，用网和钓线到河里去捉鱼，不仅收获不小，而且玩得很开心，这样生活变得快乐、充实了，他们也就不过多担心其他事情了。

当然，他们有时也会想念父母，并为身陷这种境地感到惶恐，千万不能让小孩子们过多地去想这种残酷的事情，戈顿和布里安对这方面非常留意，对小孩子们更加关心了。萨布斯也时常过来和他们在一起，他显得很有精神，并能帮助他们做一些事情。他喜欢布里安，不爱跟多尼范在一起，当然布里安也很喜欢他。

"太好了！太好了！"萨布斯连说了好几遍，"'斯拉乌吉号'没有被撞坏，并能顺利着陆……鲁滨逊也好，瑞士的鲁滨逊也好，他们的运气可不比我们的好呀！"

那么，杰克又是怎么回事呢？尽管杰克也能经常帮助哥哥布里安做事，但是不管他听到别人说什么，都没有任何反应，而且还常常独自一个人在船头发呆。

布里安对杰克突然发生的这种变化十分担心，他比弟弟大几岁，弟弟也很听他的话。但自从"斯拉乌吉号"在海上漂流以来，杰克的神情像做了错事的小孩子一样，非常后悔，难道是他做错了什么吗？但是他从来没有对他哥哥说过心里话，有那么几次不知为什么，他在没有人的角落里暗暗落泪。

布里安从杰克身上的变化感到事情有些不妙，如果杰克这样下去，不出问题才怪。这令他十分担忧，他过去询问原因时，杰克只是这么说："没事的，哥哥，没事的。"

布里安也不好再追问下去。

3月11日至3月15日这几天，多尼范、威尔考库斯、威普、库劳斯4个人，到岩石间的鸟巢捉鸟玩。他们4个人干什么都在一起，很明显地组成了一个小帮派。

戈顿对此很担心，只要有机会，他就会找多尼范几个谈话，希望多尼范以大局为重，不要破坏团结，分别和他们几个讲了眼下最重要的还是如何克服困难，可是，尤其是多尼范，并不听从别人的劝说，戈顿也就不再劝说了。多尼范想与布里安争斗的念头并没有打消。

这几天来天气一直不好，他们趁此机会四处捕捉猎物，他们捕获了很多猎物。

热衷于体育运动的多尼范，对射击也非常在行，他对自己的射击本领很满意——满意得有点过分。而威尔考库斯却喜欢用下套绳、网子来捕取猎物。威普也爱射击，但没有多尼范那么厉害。库劳斯在这方面不行，他只能赞叹表兄技艺出众。还应该提到猎狗"凡"，捕猎时，当猎物掉到暗礁前面时，它会不顾一切把猎物叼回来。

在多尼范他们所捕获的猎物中，也有不能吃的海鸟。有不少岩鸽、鹅、鸭的肉，味道十分鲜美。鹅一听到枪响，就飞快地跑掉了，从它逃走的方向看，它们似乎生活在这块土地的纵深地带。

多尼范还猎捕了少量野鸟。这种鸟靠吃贝壳为生，虽然麦克想尽了办法，但是它的肉还是有腥味，大家都不喜欢吃这种鸟，戈顿却总是强调说不要浪费。

大家都急切地想登上那个海岬，确定下来这里到底是大陆还是孤岛，它将决定着他们的将来。

3月15日，天气变好了，出去探险应该不成问题了。夜里浓雾就已经散去，能看清天空了，强烈的太阳光把崖顶照得异常明亮。下午，光线斜射，能清晰地看见东边的地平线，假如地平线与海岸线相连接，那么这块土地无疑是个岛了，那样，只能靠在附近过往的船只来援救了。

由于布里安自己提出要到海湾北侧去探险，所以他决定一个人去，如果戈顿能跟他一同前往，是最好的了，可是把小孩子们留在这里，他又不放心。

15日晚，晴雨计显示第二天天气会很好，布里安告诉戈顿说他明天天一亮就去探险。往返大概有10英里，10英里的路程，对于这个能够吃苦耐劳的少年来说，自然不算什么。这次探险用一天的时间足够了，尽可能在傍晚返回，好让戈顿放心。

第二天早晨，布里安很早就起来了，大家还没有醒来他就出发了。为了防止意外的事情发生，他带上了手枪和棍子。

另外，布里安还带上了登海岬的必备物品，"斯拉乌吉号"的望远镜放在腰间系的袋子里边，还装有一些食品：咸牛肉、兑水的白兰地，这是一天的食物。

布里安大步沿着海岸向前走，一个小时之后，走出了比多尼范和威普等人抓捕岩鸽的地方还要远的路程。天气果然很好，但是假如到了午后，东边升起薄雾，那么这次探险就白费了。

最初的一小时，布里安不停地走着，他走得很快，如果顺利，按原定计划早上8时就能到达海岬。海边悬崖十分狭窄，行走起来很不方便，布里安必须攀登溜滑的岩石，踏着黏黏糊糊的海草，趟过水坑，路越来越不好走，这样一来，浪费了不少时间。

"在涨潮前到不了海峡了。"布里安有点不安地对自己说。

"这片海岸，涨潮时潮水能浸过来，这次要是涨潮，波浪能打到悬崖下边，我如果退回去，爬到岩石上避一避，时间肯定会耽误不少，无论怎么走，在波浪到来之前，是通不过去了。"

这个勇敢的少年，虽然双腿累得发酸，但是他没有让自己停下来，他把鞋和袜子脱掉，趟着过膝的水艰难地朝前走，他灵敏地攀着岩石，防止掉到水里。

布里安早料到这里水鸟很多，成群结队的鸽子、海鸟、鸭子，两三群海豹在岩石上爬上爬下，它们看见布里安，一点都不惊慌，也不逃回水里去，布里安从海豹对人类毫无警觉这点上来判断，这里应该有很多年没有人类捕猎过海豹了。

另外，布里安还从这里有大量海豹分析出，这片海岸应该位于南部，因此，帆船一定是在太平洋上向着东南方向漂流的。

这是当布里安终于来到海岬，看到只有南极地区才会有的大量的企鹅群时确定下来的。企鹅有很多，无以计数，它们笨拙地扇动着小翅膀，摇摇摆摆地往前挪动着。企鹅飞不起来，它们的翅膀对飞翔没有用，只有当它们在水中游动时才会有用。它们的肉有腥味，不能食用。

现在是上午10时。布里安感到很累，肚子也饿了，在登海岬之前必须休息一下，养精蓄锐，要知道从地面爬到海岬的顶上，有300多英尺高。

布里安在一个非常安全的地方把腰袋解下来，要是晚到一小时，他或许就无法通过悬崖和岩石之间，现在安全多了，等到午后退潮时，还能平安通过这里的。

他吃了块咸肉，喝了点威士忌，肚子也不觉得饿了，人也不觉得累了。同时他还在想，不管怎样，大家都非常渴望能从这里被救出去。

另外，他还担心多尼范以及他那3个同伙，都是因为大家彼此相处不好所致，以后再也不能跟他们闹矛盾了。他又为弟弟杰克整天无精打采的状态担忧，难道他真的做错了什么事——可能是在出航前——杰克似乎在隐瞒着什么，回去要找他谈谈，让他把实话说出来。

只休息了一小时，布里安又精神抖擞了起来，他重新把腰袋系好，开始攀登岩石。

这里的地质与众不同，像是由于地下岩石爆发而形成的结晶。山丘也与从远处观察到的不同，不像通常情况下的岩石那样排列着。

往岩石上攀登，在大岩石上爬上爬下，可不是一件轻松的事，这些大块岩石，非常光滑，根本无从下手。布里安从小就喜欢登山，登山技术还不错，这次攀登岩石，有很多次眼看就要从岩石上摔下去了，但又化险为夷，最后终于顺利地爬上了崖顶。

布里安一爬上崖顶，立刻举起望远镜往东看。

布里安看到四处都是平原，悬崖是最高的了。再向腹地望去，地面逐渐变得低洼起来，绿色的森林，还有一条河从那里流过。平原面积有10平方英里左右，因此还不能确定周围的环境怎么样。为了确定这里到底是大陆还是孤岛，还必须再往东，深入腹地。

海岸一直往北边延伸着，有七八英里远，一眼望不到尽头，还有一个长长的海岬，在那里绵延起伏着的像是沙滩或者是沙溪。

南边，离开海湾，对着尖尖的海角，自东北向西南方向，是一片湿湿的沼泽地。

布里安用望远镜细心地观察前方，到底是大陆，还是海岛呢？一时还难以确定。总之，如果这里是岛的话，那么一定是个大岛，眼下他只知道这些。然后，他转向西面，西面是无边无际的大海。

突然，布里安在望远镜里看到了惊喜。

"是船！"他自言自语欢叫了起来，"能通船！"

确实，在15英里以外的海面，有3个小黑点。

布里安有点不敢相信自己的眼睛！难道他没有看错吗？那是3艘船吗？他把望远镜摘了下来，擦了擦因呼吸急促而弄模糊的镜片，戴上望远镜又兴奋地看了起来。

确实很像船，但是看不到桅杆，也没有烟从船上冒出来，海上航行，汽船是不会不冒烟的。

布里安脑子立刻飞快地转动着——那几个黑点就算是船的话，离这里也太远了，对它发信号也没有用。因为伙伴们没有人会注意到海面上有船，所以必须立即赶回"斯拉乌吉号"，在海岸把柴火烧得旺旺的，是最好的办法。但是这样做不现实，时间不允许布里安这么做。

布里安一边思考着，一边继续注视着海面上那3个黑点，可是他看了很长时间，那3个黑点依然一动不动，他不禁大失所望。

他又戴上了望远镜，聚精会神地观察了起来，最后他终于搞明白了，那3个黑点原来是3个小岛。"斯拉乌吉号"在风暴中沿海岸漂流时，一定是从那3个小岛旁边通过的，由于当时浓雾弥漫，什么都看不清。

布里安觉得很失望。

现在已是下午2时，大海又开始涨潮，能看到悬崖附近岩石上的水了，必须立刻往回返，布里安开始准备从山冈上边下去。

尽管刚才观察到的结果令他很失望，他还想再仔细观察一下东边地平线那个方向，因为这时的太阳光更倾斜了一些，刚才看不到的地方或许现在能够看到了。

布里安觉得有必要做最后一次仔细的观察。前方是一片茂密的森林，能看到青白线，从北向南绵延几英里长，它的两侧有树时隐时现。

"那边会有什么呢？"

他看得更加仔细了，他叫了起来：

"是海！不错，真的是海！"

他不再观察了，今天的工作到此结束。

现在什么都明白了，东边是广阔的大海。"斯拉乌吉号"漂流着陆的地方，不是大陆而是海岛，是远离太平洋的孤岛。布里安他们逃出去机会不大。

此时此刻，布里安觉得危机四伏，他仿佛连心跳都停止了，甚至透不过气来。但是布里安没有心灰意冷，他觉得生还的机会还是有的。

一刻钟以后，布里安下到了海岸上，然后沿着早晨来时的路线回去了。傍晚时分他安全地回到了"斯拉乌吉号"，伙伴们看到他平安回来，都吁了一口气！

探险准备

用过晚餐之后，布里安把探险结果告诉了伙伴们，在东边对着森林，能清楚地看到自北向南的水线，那肯定是大海的水平线，因此可以断定这里是个孤岛，而不会是大陆。

最初，戈顿他们听了布里安的话都大吃一惊，他们简直不敢相信这是真的，他们不相信这是个孤岛！难道说无法从这里逃出去了吗？要到东边去寻找通向大陆的机会，不能就这么坐以待毙！只有等待远处海面上有船通过，此外别无他法。

"布里安有没有看错啊？"多尼范说。

"是呀，布里安，你有没有看错呀？"库劳斯也问道。

"没有！"布里安回答说，"我没看错！在东边看见的，确实是大海。"

"距离怎么样呢？"威尔考库斯问。

"从海岬开始有6英里。"

"它的对面呢？"威普说，"不存在陆地吗？"

"没有，什么都没有。"

多尼范故意为难布里安说："也许是布里安看错了吧，眼见为实，耳听为虚……"

"那就明天去吧，"戈顿说，"现在我们的处境非常窘迫，我们必须弄清楚周围的具体情况，这样对我们有好处。"

"就这么办，"布里安说，"要是能到岛的另一侧海岸……"

"怎么就咬定说这里是岛呢？"多尼范立刻乘机反驳布里安。

"是岛！"布里安焦虑地解释说，"我经过一天的观察，可以确定这一点。"

"布里安，你难道就没有弄错的时候吗？"

"我是曾经犯过错误。不过这次到底是要看看我有没有弄错，要是我和多尼范一起去……"

"我们也去。"另外有几个人在叫嚷。

虽然多尼范和布里安都想早点去，可是天气又变坏了，只好等天气好了再出发。从第二天开始，下起了不大不小的雨，还不知道雨什么时候能停下来。

3月27日这天，捕到了个大猎物，这天趣事不断。那天午后，雨停了，小孩子们拿起了钓鱼用具，去钓鱼。突然，从河边传来欢悦的叫声，还听到了小孩子们的尖叫声。

"赶快呀！"詹金斯叫喊着。

"你看，科斯塔骑的是什么东西！"阿依瓦森说。

"快点，布里安！快点！它要逃走了！"詹金斯连声叫喊着。

"哎呀！快把我放下来！吓死我了！"科斯塔一边拼命挣

扎，一边叫喊着。

"嘿！嘿！"一旁盲目附和的道尔，冲着那个还在动弹的怪物大声吆喝着。

所谓怪物，原来是只硕大无比的海龟，是孩子们从海岸那边抓过来的，大海龟当时正想回大海里去。

小孩子们在海龟的脖子上拴上绳子，拽着它往前走，可是，海龟却趴在地上坚持一动不动，所以这些小孩子们立刻嚷着找帮手。

"不要让它跑了，科斯塔！"戈顿说。

"海龟的力气大着呢，别胡闹，小心！"萨布斯叫喊着。

布里安笑了，这没有什么危险，道尔让科斯塔下来，大家都希望科斯塔从海龟身上溜下来。

海龟已经被生擒活捉了，但是不管布里安及孩子们怎么用力，也拽不动它，大家都不想让海龟重归大海，于是都不停地拽海龟。戈顿和布里安手里拿着手枪，但却没有什么用，因为子弹根本穿不透海龟的甲壳，如果用斧子去砍，它的头和脚肯定要缩回去的。

"唯一的一个办法，"戈顿说，"把它翻过来。"

"怎么把它翻过来呀？"萨布斯不解地问。

"别开玩笑了，它少说也有300磅呀！"

"撬！用木棍撬！"布里安说，随后麦克跟着布里安去拿粗棍子。海龟也许察觉到情况对它越来越不利，慌忙朝海边爬去，戈顿急忙把科斯塔从海龟背上抱了下来。布里安和麦克在海龟就要爬回大海里时赶了回来。

他们把两根圆木插到海龟大肚子下边，当做撬杠，慢慢地把海龟撬了过来，这样海龟就再也爬不动了，然后趁龟头还没有缩回去，布里安用斧子敲打它的脑袋，只敲了10多斧子海龟就死了。

"喂，科斯塔，现在你还害怕这个怪物吗？"布里安问道。

"我现在不怕它了，它已经死了。"

"好！"萨布斯又叫嚷着，"可是，它的肉肯定不好吃吧！"

"肉能食用吗？"

"可以的。"

"肉好吃就吃吧！"科斯塔口水都快流出来了。

从海龟身上剔下来50多磅肉，又省下了不少罐头。

3月很快就过去了。自从"斯拉乌吉号"遇难以来的3周时间里，大家都觉得在这个岛上住上一段时间是必然的，所以孩子们都尽力多做些事情。现在严寒季节还没来，这里是大陆还是岛的重大问题也还没有解决。

4月1日，天气变好了起来，这样的好天气会持续几天，这样就能够到岛的深处去探险了。

"明天吧！"多尼范说，"我们明天就可以探险去。"

他们做好了一切准备工作，食品袋里装够了4天的食品，少年们带着步枪和手枪、两把斧子、指南针袋、大望远镜、旅行用的毛毡、火绳、火石和火柴——这些已经足够了。因为考虑到安全问题，所以布里安和多尼范分别领着萨布斯和威尔考库斯，他们彼此紧密联系，决不能分散走开。

戈顿为了不让布里安和多尼范闹矛盾，本想和他们一起去的，但是为了照顾小孩子们，他最后决定还是留在帆船上照顾小孩子们。他把布里安叫到一边，悄悄吩咐布里安一切以大局为重，不要闹矛盾。

太阳落到海里去了，天黑了。天一黑，天上的星星马上就出来了。

戈顿他们想到明天要与布里安4人分别，心里很难过，他舍不得他的伙伴们离开他，在这段探险期间，也许会发生什么重大事件，会怎么样呢？戈顿他们仰望布满星星的天空，他们的心飞向了父母、家里，飞向了也许再也看不到的故乡。

这时，小孩子们像面对教堂的十字架一样，对着南极十字星跪下，默默地祈祷。

"斯拉乌吉号"上的少年们都不知道他们明天会如何的变幻莫测。

二次探险

布里安、多尼范、威尔考库斯、萨布斯4人，天一亮就从"斯拉乌吉号"出发了。天空万里无云，天气很好，像温带北半球10月的天气一样，冷热适中。

起初，布里安他们几个人，步行向悬崖那边走去。他们听从戈顿的意见，把猎狗带上了。没走多久，布里安他们就进入到了森林，很快便穿过了森林。

他们决定沿着悬崖角往前走，到达海湾北侧的海角，这条路，尽管不是近路，却是最先确定的准确路线，多走一两英里的路，对于布里安等人来说不算什么。

他们走得很快，离那个海岬越来越近了，布里安对这条路能否走通有些怀疑，时间很快就过去了，潮水马上就会漫上沙滩，如果真是那样，那么这半天时间就白费了。

布里安说："我们现在不能着急——萨布斯在哪儿？"

他马上喊起了萨布斯的名字："萨布斯……萨布斯……"

萨布斯马上就回答了布里安，还有狗的叫声，难道是发生了什么危险了吗？

布里安、多尼范、威尔考库斯3人立刻循声找了过去，萨布斯正站在已经开裂的悬崖边，多尼范第一个登上了十分危险的崖石。

"不要上去！"布里安叫道。

多尼范没有听布里安的，他向来在人前傲慢，几个猛跑，他便爬上了崖顶，其他3人也随后陆续上来了。

多尼范一爬上崖顶，立刻取下望远镜，四处观察了起来，东边是茂密的森林。

"怎么样？"威尔考库斯问道，"看到什么没有？"

"什么也没看到。"多尼范说。

"让我瞧瞧。"威尔考库斯说。

多尼范很是得意，把望远镜递给了威尔考库斯。

"我没有看到前方有水呀！"威尔考库斯把望远镜摘下来说。

"那是，"多尼范说，"因为这一带根本没有什么海呀，布里安你有没有搞错，把陆地看成是海！"

"你不要激动！我相信我不会看错。"布里安回答说。

"这不是不讲道理吗，这不是陆地是什么？"

"我没有骗你们，这个悬崖比海岬低，超过这个高原，穿过那片森林，要是再能一直向前走……"

"好！"多尼范说，"如果按这个路线走可就够远的了，你不是存心要折腾我们几个吧？"

"你这是什么话。"布里安说。他想起了临行前与戈顿的嘱咐，眼前的这位朋友现在虽然故意为难自己，但一切以大局为重，要忍耐。"你们在这儿等着，萨布斯，我们俩人去。"

"我们也去，"威尔考库斯说，"喂，多尼范，走呀！"

"休息一会儿再去吧！"萨布斯说。

进午餐用了半个小时，然后大家步行出发了。刚开始他们走得很快，在杂草丛生的土地上步行也很快乐。但是，当布里安他们越过高原，走到悬崖的另一侧时，可费了他们不少力气。

刚进入森林中，路就不好走了，躺倒在地的树木十分碍事，阻碍了他们的进程，只有砍开茂密的树木才能通过。少年们不怕困难，在森林中，用斧子砍出一条路来，他们已经累得手都抬不起来了，但是还必须不停地砍，疲惫极了。进展十分缓慢，走到夜幕降临，也只不过前进了三四英里。

这是一片原始森林，没有人到过这里，在细细的羊肠小道上也没有发现人脚印的痕迹，森林里倒着很多枯朽的树木，还有一些树怕长高了被风刮倒，便折断一些树枝，一片片被压倒的杂草，是被动物践踏所致。

第二次休息，是在下午2时的时候，他们坐在一条清澈见底的小河边，河水清澈透明，在黑亮的岩石间静静地流淌着，小河里没有枯枝败叶，这很容易断定小溪的源头肯定就在附近，踏着河中的石沙，可以毫不费力地渡过河去，河里的石头不仅平整而且摆放也很有规则。

"这有点奇怪呀！"多尼范说。

小河里的石头完全像通道一样排列着。

"简直就是河堤！"萨布斯小心翼翼地踩着石头往对岸走去。

"我们先别急着赶路！"布里安说，"应该研究研究这些石头的摆法。"

"一个人很难把这些石头摆成这样。"威尔考库斯接着说。

"不错！"布里安说，"谁在这儿修了通道……瞧清楚了。"

布里安等人站在河边细心地观察起石头来，石头稍稍露出水面，在雨季，石头一定会没到水面下边的，如果碰到大的洪水，水流湍急，不就变成了天然的河堤了吗？

小河朝东北方向流去，跟海湾的方向相反，会不会流向了布里安从海岬顶上看见的那个大海里了呢？

布里安等4人，踩着小河中的石头，小心翼翼地度过去。比在海岸上步行轻松多了。下午5时的时候，布里安和多尼范发现小溪向北流淌着，这令他们觉得不可思议。如果这么走下去，就会越走越远。他们离开河岸，穿过森林，向东行进。

越来越难走了，杂草高过头顶，他们分散开走，还必须互相招呼着。走了一天了，但是还没有看到大海，布里安对自己也产生怀疑了，上次在海岬顶上看到的水平线，难道是错觉吗？

"不会是错觉，"他想，"我没看错……不会的！"

到了晚上7时左右，他们还在森林里走着，天已经暗下来了，不能再往前走了。

大家商量了一下，决定在树荫下露宿，他们吃了一些东西，填饱了肚子，用毛毡防寒，并点燃了枯树枝，以防动物袭击，他们挺担心这里有土著人，那可不妙。

　　临近睡觉的时候，萨布斯发现附近有一处树林异常繁茂，在暗处透过树的间隙一看，不远处还长着不太高的树，树的矮枝往地上长，少年们就在矮树的枯叶上，裹着毛毡睡了。

　　当布里安和他的伙伴们醒来时，已经是第二天早上7时了。萨布斯先钻到树林里，钻进了茂密的枝叶里边，突然他惊叫了起来。"伙伴们，快来看！快！"

　　"发生了什么事情？"布里安问道。

　　"快瞧瞧咱们睡觉的地方吧！"萨布斯说。

　　原来，这里并不是一片繁茂的枝叶，而是印第安人用树叶精心搭建的小屋，小屋的俗称叫"阿基乌帕"，这个"阿基乌帕"并不十分古老，不过它的构造也不怎么牢固。

　　"这里有人住吗？"多尼范不安地朝周围看了看。

　　"肯定有过，不过那是以前的事了，"布里安回答说，"这个小屋，一个人是建不了的。"

　　"我们再联想一下刚才小河里的石头就明白是怎么一回事了。"威尔考库斯说。

　　"太好了，"萨布斯叫道，"这里要是有居民，肯定是好人。这下好了，我们再也不会孤立无援了。"

　　这里的土著人是不是好人还不能确定，如果这里连着新大陆的话，那么这里的土著人一定是印第安人了；如果这里是太平洋上的岛屿，有嗜食人肉的波利尼西亚种族，那可就太危险了。

布里安到外边去了，多尼范在小屋里细心地看了一遍，他小心地把铺在地上当床用的枯叶翻过来，萨布斯从下边捡起了一个瓦盆，这个瓦盆只有人类才能制作得出来，这令萨布斯感到很欣慰，关于这个小屋的其他事情就无法知道了，最后他们几个人从小屋里走了出来。

从7时半开始，布里安他们根据指南针所示，一直往东走，在草木茂密的密林中行走，他们花了两个小时。

快到10时时他们终于走出了森林，森林外边，是广阔的原野，生长着乳香树、麝香草以及其他各种植物。在东边半英里远的地方，出现了布里安上次看到过的大海，大海里波涛汹涌，一直朝海岸上冲来。

多尼范面对大海，他无话可说，不得不承认布里安的说法是正确的。可是布里安却没有流露出得意的神色，他手拿望远镜，依然认真仔细地观看着海面。

现在已经眼见为实了，这里不是大陆，是岛屿，只能等待来自外部援救的机会了，彻底打消从这里逃离出去的念头。

4个少年，走过原野，在沙丘脚下休息，他们决定先吃了午餐，然后计划穿过森林往回赶，争取在傍晚前回到"斯拉乌吉号"。

用餐的时候，大家都沉默不语。后来还是多尼范打破了沉默，收拾好东西，说了句："走吧！"

4个人再一次看了一眼大海，转身往森林走去，这时狗向海里跑去。狗一边嗅着沙子被海水打湿的气味，一边跑着，几个猛跑便跳到了水里，立刻大口大口地喝起水来。

"多喝点吧！"多尼范叫喊着。

多尼范横穿过沙滩，用手捧起狗刚才喝过的水，喝了一口，他忍不住大喊了一声："是淡水！"

这是一个面积非常大的湖，不是海！

住人洞穴

到底是大陆还是岛屿的问题，一直都没有一个结论，原来以为这里是海，却是个湖，这个问题已经确定下来了，但这可能不是岛上的湖。

可以肯定的是，这是一个相当大的湖，因为三面都与地平线相连，所以说也许不是大陆湖！

"我们现在的处境还是很不妙。"布里安说。

"我的想法是正确的，这是事实。"多尼范说。

"反正我看到的是水。"

"但是它可不是海呀！"

多尼范非常得意地说着，布里安没有固执地坚持下去，为了大家，他愿意忍辱负重。如果这里是大陆，就不用担心在孤岛上过一辈子了。可是，如果要到东边去的话，就必须等到好季节，马上就要到4月份了，南部的冬天会比北部的冬天更早到来，因此在这个月结束之前，必须离开"斯拉乌吉号"帆船。

在悬崖的两侧没有找到洞穴，所以只有在湖的四周寻找住处了。现在关键的是，找一个能住的地方，浪费一两天也没关系，但是这样可能会令戈顿担心的。布里安和多尼范他们很勇敢，食物还够吃两天的，晴雨计显示最近几天的天气都不错，他们几个商议后，最后决定到湖岸南侧去看看。

继续探险还有一个目的，那就是弄明白这附近到底有没有人居住。小溪里摆放的整齐的踏脚石，还有并不十分古老的"阿基乌帕"就是充分的证明，说不定，这次探险会有意外的收获。

关于探险的方向发生了争执，往南边去离"斯拉乌吉号"较近，最后他们选择了这个方向，于是4个人早晨8时开始出发。

沿着海岸，他们时而在沙山脚下通过，时而在沙土上行走，照这个速度走下去，一天只能走10多英里。

一路上没发现有土著人居住过的痕迹，树林中也没有烟飘出，在被海浪打湿的土地上，也没发现人走过的痕迹，湖面上也没有看到船帆和圆木小船的踪影，树林里也没有发现野兽。

午后，有好几次他们看到有鸟儿从树林里跑出来，但是并未接近这4个少年。萨布斯突然叫道："快看鸵鸟！"

"原来是小鸵鸟！"多尼范说。

"如果真是鸵鸟的话，"布里安说，"那么这里应该是大陆吧！"

"这还用问吗？"多尼范挖苦他说，"这里如果有大量鸵鸟，那一定就是美洲大陆，我自始至终都相信这一点。"

傍晚7时左右，他们在外边露宿，打算第二天回"斯拉乌吉号"。他们给"斯拉乌吉号"触礁的海岸取了一个名字叫做斯拉乌吉湾。因为天黑了，所以无法再往南走了，前面有从湖里流出来的小河，他们过不了河，在黑暗之中也看不清昏暗的对面。

布里安他们吃过晚饭很早就休息了，这一带没有那种"阿基乌帕"小屋，只好露宿野外。天上有无数颗星星在闪烁，残月就要沉到太平洋的西面去了。他们拥挤着睡在一起，这样安全一些，他们睡得很沉，四周也没有野兽出没。他们度过了一个平安的夜晚。

布里安起得最早，他起来的时候，已经快到早晨7时了，多尼范等人随后也迅速起来了。当萨布斯还在嚼着饼干时，布里安、多尼范、威尔考库斯在河床附近看了看。

"嘿！"威尔考库斯叫喊道，"昨晚幸好我们没渡过去，河对面是沼泽地！"

"不错，"布里安回答说，"这里的沼泽地可不少。"

"看！"多尼范叫道，"有很多小鸭子、鹬在飞哪，这些东西的肉可不赖。"

"确实是这样。"布里安说着，向河的右岸走去。

后面，耸立着峭立的悬崖，悬崖的两侧分别是小河和湖，这个悬崖是向西北延伸，四周包围着"斯拉乌吉号"吗？

河的右岸，宽20码左右，延伸到悬崖下边；左岸低，不便于观望；南边的沼泽地很宽阔，要想看清河的流向，必须爬到崖顶，布里安想弄清楚这四周的情况，当他走到悬崖下边时，威尔考库斯突然惊叫着："瞧！看那儿！"

威尔考库斯看到的，是像河堤一样堆起来的一些石头。

"这里肯定有人来过！"布里安说。

"不错。"多尼范指着河堤下的木质碎片说。

那块碎片像是从船上掉下来的，有一根柱子形状的碎片已经腐烂了，还有火烧过的痕迹，其弯曲的形状像是船体的材料，上面还带着快要锈烂的铁环。

“铁环！是铁环！”萨布斯惊奇地说道。

大家向四周环视着，似乎乘坐了这艘船并筑造了河堤的人立刻就会出现在他们面前一样。看了许久，谁也没有出现！这艘船弃在河边，至少已经过去10年了。

这时，狗的样子变得警觉起来，它像是嗅到了什么，耳朵竖着，尾巴不停地摇摆着，鼻尖在草下面寻找着，拼命地嗅着泥土的气味。

“猎狗在干什么呢？”萨布斯说。

“它嗅什么呢？”多尼范说着并向猎狗那边走了过去。猎狗抬起一条腿，站在那儿把脸仰起，突然猛地向悬崖下的树丛跑去。

布里安等人紧随其后追了过去，一会儿，他们在一棵山毛榉老树前停下来，树皮上镌刻着如下两个字母和年份：

F•B

1807

布里安等4人，在刻着字的树前，一声不吭地站了很长时间，全神贯注地凝视着。

“快回来！”布里安叫着。

猎狗“凡”没有回来，却听到了它慌张的叫声。

“有情况！”布里安说，“聚集到一起，注意警戒！”

说不定这时会有一队土著人出现在附近呢！假如是南美洲阿根廷大草原的印地安强盗，那就应该更加小心了。他们把步枪子弹推上膛，手枪拿在手里，只要一发生意外情况，就立刻进行自卫。

之后，少年们往前走去，转过海角，走出了狭窄的河岸，只走出了20步，多尼范的脚便碰到了一个东西。

那是一把锈迹斑斑还带有镐头的锹镐，这不是波利尼西亚土人制造的粗糙镐头，是人类从美洲或者欧洲带过来的东西，和船上的那个铁环一样不能再用了，这肯定是多少年前就扔在这里的东西。悬崖下边还有田地，是已经完全荒废的旱田。

这时突然传来了猎狗的叫声，随后"凡"出现在4个人面前，它显得异常兴奋，不停地绕着圈，在少年们面前跑着，看着少年们的脸，叫着，似乎有什么重大的发现似的。

"肯定出现了什么情况。"布里安边说着，边安抚地抚摸着狗，但无济于事。

"我们去瞧瞧！"多尼范向威尔考库斯和萨布斯递了个眼色。

往前没走多远，"凡"在灌木丛前停下，树枝一直垂到悬崖脚下，布里安怀疑灌木丛中有动物或人类的尸骸，所以他跑在了多尼范等人的前面，用手扒开了灌木丛，原来里面是个狭窄的洞穴。

"是洞穴？"他立刻后退一步叫道。

"好像是，"多尼范回答说，"可是，里边有什么呢？"

"看看就知道！"布里安说。

他们说干就干，立刻用斧子砍开在入口处对称生长的树枝，仔细地听着，但没听到什么奇怪的声音。

萨布斯迫不及待要钻进洞里去，布里安说："先让'凡'进去探探。"

猎狗只在洞口"汪汪"地叫着。

如果洞穴里藏有什么动物的话，周围有动静一定会立刻跑出来，一定要看清它的模样。布里安点燃了一把干草，扔到了洞里，火烧得很旺，但是空气中并没有发出怪味。

"让我们进去吧！"威尔考库斯说道。

"好！"多尼范回答说。

"等，先找一个火把！"布里安说。

他砍下了几枝生长在河边的带有松油的树枝，烧了起来，几个人举着燃烧的松枝进到了洞穴里。

入口有5英尺高，宽有2英尺左右，一进到里面立刻就变得宽阔起来，里边高有10英尺，宽20英尺左右，地上铺满了沙子。

刚一进到洞里，威尔考库斯就被凳子碰了一下，凳子的旁边有一个简陋的桌子，上面放着用贝壳做成的水罐，一把生锈的小刀，两三根缝针，还有几只杯子，靠另一侧墙壁边上，放着用木板钉成的简陋箱子，里边装着已变得糟烂的衣服。

毫无疑问，这个洞曾经有人在此居住过，是什么时候的事呢？又是什么样的人呢！

里边歪歪扭扭的床上，铺着破破烂烂的毛毡，布里安等人怀疑毛毡下有死人的骨头？他们吓得连连后退。布里安强迫自己镇定下来，然后猛地把毛毡掀开。

毛毡下空空如也。

布里安等人觉得洞里很恐怖，他们4个人急忙跑到了外边，"猎狗"依旧在洞口"汪汪"地叫着。他们在河岸走出了20步远，突然停了下来，他们看到了更为恐怖的场景。

在茂密的树丛中，散落着人体的骸骨。

这些骸骨一定是多年前住在这个洞穴里的那个神秘人的，悲惨的是这个人最后竟没能死在空空的洞穴里，就这么凄惨地死在了树丛中。

返回船上

布里安4人谁也没有开口说话,死者是个什么样的人呢?是直到生命的最后一刻也没被救出去的遇难船员吗?是哪个国家的人呢?在这里过了一生?他在这里是怎样生活的呢?如果是遇难者,那么还有其他人生存下来吗?洞穴中的东西是从船上运下来的呢,还是他自己动手做的呢?

他们有一脑子的问题,但是永远也不会得到解答了。最大的疑问就是这个人漂泊来到了这里,假如这里是大陆的话,那么他为什么没有到纵深地区有城市的地方,或者是到海岸的港口去呢?是他没有能力回到自己的国家去了吗?

布里安他们只知道这个人的一点情况,那就是他是因病魔缠身或是衰老,最后连回到洞穴的力气都没有了,凄惨地死在了树下。布里安他们在想,如果向北向东寻求援助的行动计划行不通,那么他们又会面临什么样的结局呢?

不管怎样,必须先对这个洞穴进行详细的检查,这样或许能够发现死者其他的一些情况,另外确定一下冬季少年们能否在这个洞穴里过冬。

"走,再去瞧瞧!"布里安说。

他们再次进入到洞穴里面,最先看到在利用洞穴右侧墙壁搭成的架子上,放着用油和麻线制成的很粗糙的蜡烛,萨布斯细心地把蜡烛点燃了,然后4人开始对洞穴进行检查。

先从洞穴内部开始,入口处空气流通很好,因此洞穴内没有一点儿潮气，海风也吹不进来，虽然阳光照射不进来，但是如果能在墙上再钻出一两个洞，住一二十个人应该不成问题。

洞穴的面积本来就不够大，如果寝室、食堂、仓库、厨房都使用，就太拥挤了。这里的冬天长达五六个月，假如打算在这里长住，可以把面积再扩大一些。

弄清楚面积大小之后，布里安开始查看物品，洞穴里面的东西再也不能用了，没发现任何有价值的物品。

布里安对多尼范等人说："与这个不幸的人相比，我们拥有那么多的物品应该满足了。"

多尼范等人听了，都觉得确实是这样。

紧接着他们又有了新的发现：一把残破的小刀、水壶、船员用的缠绳器等，却没有发现望远镜、指南针、步枪等。

他们猜想这个人为了生存下去一定挖过捕猎的陷阱，这个问题立刻就有答案了，只听威尔考库斯叫道："快来瞧！"

"什么东西？"萨布斯说。

"是玩弹子游戏用的吧！"威尔考库斯开玩笑说。

"弹子游戏？"布里安吃了一惊。

威尔考库斯捡起了两个圆石头，布里安马上就清楚那是什么东西了。

那是一种狩猎工具。用细绳拴住两个石头，瞄准猎物，准确地投出去，石头打在猎物的腿上，猎物的腿一受伤就不能逃跑了。

毫无疑问，这个狩猎工具是那个死者生前制作的，还有套绳，这是猎取近处动物时用的，是用长长的皮子做成的细绳。

与这几件简单的东西相比，布里安他们感到自己拥有大量的生活用品真是太幸福了，只是他们年纪还很小，而洞穴中的那个死者是成年人。

死者生前是什么身份呢？布里安开始查看起床铺来，威尔考库斯这时发现了挂在墙壁钉子上的怀表。

这是一块高级手表，银质表盖，表链也是银的。

"瞧，手表上的时间！"威尔考库斯喊道。

"看它的时间没有用的！"布里安说，"说不定在这个人死之前表早就停了呢。"

表盖已经锈住了，布里安最后还是把它打开了，表针指着3时27分。

"可是，"多尼范细心地看了看说。

"表上应该刻有名字的……仔细瞧瞧，也许……"

"对！"布里安也赞成。

他们又仔细地观察了一番，上面确实刻有名字。

圣•玛龙市，戴尔布什，是制造者的名字。

"天呐，是法国人！"布里安激动地喊道。

接着，他们又发现了一件东西。多尼范动了一下床，看到扔在地上的一本笔记本，笔记本的页码已经发黄了，糟糕的是字很难认出来了，只有一点点还能勉强地看清，多尼范拼出了弗兰索瓦•伏德安，与刻在山榉树上的缩写字母F•B相同，这本笔记本记录了死者在这里挣扎生存的一生。布里安也拼出了几个字：狄盖特•鲁安，那一定是遇难船的名字。

第一页，所写年代与刻在树上的年代是一样的，应该是船遇难的时间，那么说，从弗兰索瓦•伏德安漂落到此，已经过去了53年了，其间一直没有得到援救。

布里安他们直到这个时候才认识到自己处境的险恶，连那些航海经验丰富的船员们在这里都生存不下去，那么这些孩子们又将会怎样呢？

接下来的另外一个发现，告诉他们要从这里逃出去的机会几乎等于零。

多尼范掀开笔记本，发现里边夹着一张纸，好像是一张地图。

"是地图。"多尼范叫道。

"像是弗兰索瓦·伏德安自己画的。"布里安在一旁解释。

这张地图将斯拉乌吉湾、暗礁、布里安他们刚才走过的湖、海面上的3个小岛、河岸接连不断的悬崖、岛中央广阔的森林，一处不漏地描绘出来。

多尼范的结论是武断的，布里安的判断还是正确的，这里确实是岛，因此弗兰索瓦·伏德安不可能一个人逃出这个孤岛。

伏德安所画的地图大体上把岛上的地形描绘清楚了，当然了，距离是以步量计算的，而不是采用三角测量，布里安和多尼范比较了一下，没有什么出入。

幸亏有了这张地图，布里安等人才对这个岛有了更详细的了解。这个岛形状像个展开双翅的蝴蝶，中央是斯拉乌吉湾和东部海湾之间的狭窄地段，在广阔的森林中间，有一个面积很大的湖，少年们站在湖的西岸，无法看到湖的北、南、东岸，他们认为是大海的水域，原来就是这个湖，以湖水为源头又形成了几条小河。

这个岛的最高处像是从海岬开始到河的右岸连接不断的悬崖，北边是一片沙地，河的对岸是宽阔的沼泽，东北和东南是长长的沙丘。

他们又仔细看了看地图，发现全岛南北长约50英里，东西长约25英里。

这个岛在太平洋中间的孤岛中找不到，如此看来，布里安他们，只有长期生活在这里了。洞穴是个很理想的隐蔽场所，所以在冬天的寒风还没有把船体摧毁之前，最好先把船上的物品搬到洞穴里来。

是回去的时候了，戈顿他们一定担心死了，布里安他们从出发到现在已经3天了。几个人听从布里安的建议，于当天午前11时快速往回返。有地图作向导，通过东西流向的河的右岸，是最近的路线，不用攀登悬崖，从这里到海湾不过7英里，三四个小时就行了。

在回"斯拉乌吉号"之前，4个少年为那个不幸遇难的法国人建造了一座坟墓。在那棵刻有伏德安名字的树下，他们用镐刨了个坑，还立了一个十字架。

举行完葬礼，布里安他们又回到了洞穴，为了不让动物进到洞穴里，他们堵死了入口，然后把带来的食物也吃光了，接着沿着悬崖角，来到了河的右岸。

布里安考虑这条河对于将来斯拉乌吉湾和湖之间的交通会有帮助，便仔细地观察着。如果走这条河的上游，用小船把行李运来一点都不困难。

下午4时的时候，前进的道路出现了阻碍，前边出现了沼泽地，无法通过，最好是绕着森林走。布里安面向西北，手拿指南针，想抄近路回到斯拉乌吉湾，一路高高的杂草阻碍了行进的速度，这样在所难免会耽误一些时间。

天快黑了，走在杜松子树、松树、灌木等树下，已经很难看清前面的路了。天完全黑了下来，几个人感觉到好像是迷路了，难道要在树下露宿一夜吗？食物早就吃光了，肚子饿得难以忍受。

　　"继续走吧，"布里安说，"坚持往西走，一定会到船边的。"

　　多尼范却说：

　　"难道地图就不会画错吗？"

　　"错不了。"

　　"你凭什么说它是正确的呢？"

　　多尼范开始对那个死者所绘的地图产生怀疑了，布里安不想多费口舌，他坚持往前走，大家又大步继续往前走。

　　晚间8时的时候，天已经暗得什么也看不清了，他们怎么走也走不出森林。突然，强烈的光线从树丛中射了进来。

　　"是流星吗？"威尔考库斯问道。

　　"很好，是烟火信号！"布里安说，"是从斯拉乌吉湾方向发出来的。"

　　"是戈顿他们。"多尼范叫道，他马上开枪用枪声作了应答。

　　当第二次信号亮起时，在星光的照耀下，大家这才看清了路，布里安等4人加快了步伐，很快就回到了"斯拉乌吉号"上。

　　戈顿他们担心布里安等人会迷路，所以戈顿燃起烟火作为信号，为他们指明了船所在位置。

　　这个办法不错！布里安他们一回到船上，吃了一点东西，马上就进入了梦乡。

制造木筏

布里安4人平安无事回到船上，戈顿等几个大孩子，上来和他们4人拥抱，小孩子们则搂住他们的脖子不放，他们高兴地叫喊着，互相拥抱着，连猎狗也欢快地叫着，钻到了少年们中间。

戈顿他们都急切地想听听探险的结果，但是布里安、多尼范等人实在太疲倦了，话只好留到明天再说。

"这里是岛！"

布里安只说了这么一句。大家立刻明白了艰辛的生活从此就开始了，但是，戈顿听后并没显出颓丧。

"果然不出我所料。"他轻轻地说了一句。

第二天，4月5日早晨，年龄较大的9个人，还有麦克，趁小孩子们还在熟睡，聚集到了船头，布里安和多尼范轮流把探查情况详细谈了谈，两个人连一点微小的细节都未放过，一五一十地说了一遍。

大家看着地图，看来只能依靠来自外部的援救了，要想靠自己的努力返回新西兰，几乎是不可能的事情。

不管未来会怎样，最平静的要数戈顿了。这个美国少年，在新西兰没有家，今天他能在这里和大家共同生活在一起，一点都不感到担心。他鼓励大家说，我们大家互相帮助，彼此照应，在这里是能很好地生活下去的。大家听了他的这番话，精神重新振作了起来。

"我们最好还是搬到发现的那个洞穴中去，那里比较安全。”布里安说。

时间很紧迫，戈顿说得对，帆船再也经不住折腾了，如果再被狂风吹打，都顶不了几小时。光把船上的东西搬走还不够，还应把船拆掉，所有有价值的东西都搬下来，好用来修缮那个洞穴——弗兰奇•丹。弗兰奇•丹是孩子们为了纪念那个遇难的法国人，特地为洞穴起的名字。

“现在我们搬到哪里去？我们住到哪儿呢？”多尼范问道。

“住到布篷里，”戈顿回答说，“先在河岸上搭一个布篷。”

“真是一个好办法！抓紧时间，马上就干。”

用船帆搭起布篷，在船体裂开之前把东西搬走。到4月15日左右，孩子们把船上的东西都搬了下来。25日，狂风大作，“斯拉乌吉号”被风刮得散了架。其后3日，孩子们把舱板也搬到了河岸上。

“现在是造木筏的时候了。”戈顿说。

“对，”巴库斯塔说，“造完木筏再往河里运太费劲了，直接在河里造不行吗？”

“在河里怎么造？”多尼范反对说。

“好主意，就在河里造吧！”戈顿说，“虽然干起来有些不方便，但也省去了搬运的麻烦。”

第二天夜晚，月光很亮，孩子们都在工作。他们把从船上拆下来的木材摆放好，用铁槌把钉子钉上，造成了一个长10英尺、宽15英尺的木筏，虽然很快地做，但还是花费了整整3天时间。

“5月6日就应该出发了。”布里安说。

“明天新月出来，过两三天涨潮，要是潮水涨得很高的话，适合逆流而上，大家前面拽，后面推着木筏前进能行。"

"不错，现在离5月6日还有3天。"戈顿说。

5月5日，他们开始往船上搬东西，为了安全，必须把东西放妥当，他们量力而行，小孩子们只搬较轻的东西。

到了5日，东西全都搬到木筏上去了，只等着解开木筏的锚绳了，等到明天早晨8时左右，一涨潮便行动。

少年们准备安心休息了。戈顿却说，还有一件重要的事情要做。

"朋友们，我们一离开这个海湾，就看不到大海了，即使有船从这里经过，也看不到任何信号，因此有必要在悬崖上竖起桅杆，挂上旗帜，这样，从附近海面上经过的船就能看到它了。"

虽然大家都很累了，但还是很愉快地做着，巴库斯塔把英国国旗挂上之后，多尼范用炮声祝贺升旗成功。

5月6日，大家一大早就起来，把布篷拆了，盖到木筏的行李上，这样就不必担心天气的好坏了。

7时，全部都准备好了，因为在木筏上不能生火，麦克把吃的东西也准备好了。8时半，每个人在木筏上的位置被确定下来了，孩子们拿着篙、棒等，站在边上。

9时的时候，开始涨潮了，木筏"嘎吱嘎吱"地响起来。

"起锚！"布里安喊了一声。

沉重的木筏起锚了，大家十分高兴，他们对自己造的木筏非常满意。木筏前进的速度很缓慢，11时左右退潮了，他们急忙把木筏靠岸拴上，到傍晚还会涨潮，可是在黑暗中行船太危险。

但戈顿却说："晚到一天，也会有安全的办法的。"

这样一来大家整个下午和晚上便要闲着了。多尼范和那几个喜欢狩猎的伙伴，带着猎狗从右岸登陆，他们打到了很肥的野雁和大量鹌鹑。

麦克说把这些猎物作为初到弗兰奇·丹的食物，他细心地收管了起来。晚上，巴库斯塔、威普、库劳斯3人值勤看管木筏。

第二天9时40分左右，开始涨潮，孩子们迅速登上木筏，又继续出发。下午5时的时候，木筏到了布里安他们4人上次返回斯拉乌吉湾时绕过去的那片沼泽地，木筏无法通过这片沼泽地。他们利用这个机会，对四周进行了一番探查，麦克、多尼范和威尔考库斯坐上小船往北驶了一英里半远，那里有许多水鸟，多尼范又打了不少猎物。

夜晚静悄悄的，冷风吹拂，到处涨满了水。大家挤在帆下面，不是很冷，詹金斯和阿依瓦森抱怨了起来，说还不如待在"斯拉乌吉号"上好呢！布里安几次鼓励他们要振作。

5月8日下午3时，水终于开始上涨，木筏一直向能看到湖水的地方前进，到达了弗兰奇·丹的前面，他们把木筏停到了悬崖下边。

返洞居住

年纪比较小的孩子们欢呼雀跃地登陆了，对于他们说来，生活发生的新变化，就如同换了个新游戏一样，轻松新奇，道尔比谁都高兴，在岸上活蹦乱跳。阿依瓦森、詹金斯立刻向湖边跑去，科斯塔则拽着麦克说："晚上吃什么呀？"

"不，今晚不做晚餐了，我的朋友。"麦克回答说。

"为什么呀？"

"来不及弄了。"

"总不能让我们空着肚子吧？"

"吃夜宵吧，野雁也能吃，而且还是很好的那种。"

麦克笑了笑，科斯塔亲密地拍拍麦克的肩，这才放心地回到其他人中间去了。

布里安问杰克说："你怎么不和大家一起玩呢？"

"不，我现在喜欢一个人独自四处看看。"杰克回答说。

"稍微运动一下也好呀！你是不是有事闷在心里？还是生病了？"

"没有，哥哥，我很好。"

和以前多少次的回答一样，布里安听了很生气，不管怎样，也应该好好问问杰克，到底是怎么回事……

因为今晚要在弗兰奇•丹住下来，所以上岸后要抓紧时间搬东西。布里安首先想到，大家刚刚到这里，应该带领伙伴们到洞穴去看看。大家把木筏靠岸拴好，然后在布里安的带领下，伙伴们往弗兰奇•丹走去，麦克提着煤油灯紧随其后。

先要扒开入口，布里安他们上次用树枝隐蔽好的入口仍然原封未动。把树枝取下来之后，大家从狭窄的入口往里走，煤油提灯比洞穴里那些蜡烛亮得多，四周照得很清楚。

"这么窄小呀！"巴库斯塔说道。

"怎么！你还以为是住在船上呀！"格内托说。

"无论如何，"萨布斯回答说，"最重要的是要习惯，难道要求它像拥有客厅、食堂、寝室、会客室、吸烟室、浴室等齐全的上等公寓那样吗？"

"可是，"库劳斯说，"还是应该有个厨房什么呀！"

"洞外就是厨房。"麦克回答说。

布里安说："天气不好时就不好办了，明天把'斯拉乌吉号'上的炉灶放到这里。"

"炉灶？放在吃饭和睡觉的地方？"多尼范觉得不可思议。

"吸点兴奋剂也不错呀，多尼范老兄。"萨布斯逗笑说。

"也只能这样了！"傲慢的多尼范皱着眉头说。

"好了，"戈顿调解说道，"这么做是令人讨厌，但是条件有限，先忍耐一下吧！炉灶能做饭，还能取暖，冬天时再把房间扩大一些。心情舒畅是最重要的。"

到夜幕降临时，他们把船上的寝具搬来，在沙地上整整齐齐地摆好，中间放上大桌子，格内托让小孩子帮忙，往上面摆放食具。

麦克和萨布斯也做得非常好。他们俩在悬崖下摆好两块大石头，搭成炉灶，把威普和威尔考库斯抱来的树枝点燃。6时左右，从汤锅里散发出了诱人的香味，还有其他吃的，一打鹌鹑串在铁条上在火上烤着，道尔和阿依瓦森，翻动着铁条，猎狗的头也随着铁条摆动着。

晚上7时的时候，大家都集中到弗兰奇·丹唯一的房间里——食堂兼卧室，麦克开始为少年们分配食物，没有一个饿着肚子。

忙碌了一整天，他们累坏了，用过晚餐，大家就都想休息了，这时戈顿提议在睡前有必要参拜一下原来洞穴的主人伏德安的墓。

天黑了，湖面上连光线的影子都不见了。孩子们来到摆放着小木头十字架的墓前，小孩子们跪下，大孩子们低下头，为遇难死去的人祈铸。

第二天，从5月9日开始的3天里，孩子们从木筏上往下运东西。开始刮西风了，乌云低垂，快到雨雪交加的季节了。为了食品和弹药的安全，必须迅速往弗兰奇•丹搬东西。

搬完了东西，接下来把木筏拆了，过冬需要木材。遗憾的是，洞穴没有足够的地方安置那些木材，如果扩展洞穴的工程进行不了，就只好把这些材料放到装物品的小屋子里去。

5月13日巴库斯塔和布里安及麦克，把炉灶摆放到了洞口旁，要竖个烟囱不是一件容易的事情，幸好岩石很松软，巴库斯塔在岩石上打了个洞，把管子通到外边。下午，麦克把炉火生起，烈焰窜起，天气变冷之后，也不用担心挨冻了。

接下来的一周，多尼范他们打猎打得很开心。

一天，他们来到离洞穴半英里远的森林，这里到处有人类到过的痕迹，有用树枝遮掩着的洞穴，还有困围动物的大洞，那些都是一些年深日久的洞穴，其中一个还残留有动物的尸骸，死去的是什么动物已经无法辨认。

"说不定还是已经灭绝了的恐龙呢！"威尔考库斯说着，随后下到洞穴里，把已经变白的骨头一一扔了出来。

"是4条腿的动物，腿骨有4个！"威普很认真地说。

"不可能是5条腿的动物吧！"萨布斯说。

"别贫嘴了！"库劳斯说。

"开开玩笑没有什么过错的！"格内托回答说。

"肯定是个凶猛的动物，"多尼范说，"瞧它的头和下巴很大，萨布斯现在还敢逗笑玩，如果这个家伙还活着，不吓死你才怪！"

"不会是狮子吧？"库劳斯有点害怕了。

"可能是美洲豹！"多尼范说。

"真恐怖！"威普说。

"我们还是回去吧！"库劳斯说。

萨布斯回头瞧了瞧猎狗说：

"你明白吗，'凡'，这里有猛兽！"

"凡"倒是不以为然地叫着。多尼范他们随后返回到了洞穴。

"我想到一条妙计了，"威尔考库斯说，"用新树枝把那个洞掩盖起来，说不定利用它还能捕到猎物呢！"

多尼范他们又来到那个洞穴，把附近的树枝砍了下来，把洞穴隐蔽了起来。

没过几天，又发生了一件事。

那天，布里安和伙伴们一起到悬崖边的森林中去了，他们想到外面找找盖仓库能用得上的材料。当他们从那个被隐蔽起来的洞穴旁边经过时，听到洞穴里面有动静。

布里安往那边走去，多尼范也随后追来，他们还准备好了步枪，"凡"也竖起耳朵往前跑去。拨开隐蔽洞口的树枝，往大洞穴里边观望，一定是什么动物掉进去了，现在还看不清楚，不过必须小心才是。

"嘿！'凡'，嘿！"多尼范把猎狗叫了过来。猎狗一呼就应。

布里安和多尼范最先跑到了洞口。

"快过来，快！"他们招呼其他伙伴说。

"不会是老虎吧？"威普问道。

"不是，显然它是鸵鸟，是只鸵鸟！"多尼范回答道。

真的是只鸵鸟。感谢上帝在这片森林里还会有这种鸟，它的味道实在是太鲜美了！虽然它是鸵鸟，但是它比普通鸵鸟要小，脑袋像鸭子，全身长着灰色的羽毛，与南美洲草原叫做"南道"的动物很相似。

"不要搞死它！"威尔考库斯说。

"当然要活的。"萨布斯叫道。

威尔考库斯下到了洞穴底下，他非常勇敢，也很机智，他用上衣把鸵鸟的头蒙上，让它动不了，紧接着用手绢把它的双腿绑上，随后大伙儿一齐用力把它拽了上来。

"这下好了，它逃不了了！"威普大声叫喊着。

"怎么处理它？"库劳斯问道。

"这还用问吗？"萨布斯说，"把它带回洞穴饲养，还可以骑着它玩。"

骑鸵鸟还没有人开先例呢！可行性还要研究，不过和孩子们一起回到洞穴去，这只鸵鸟可是一点儿也没有抵抗。

要把鸵鸟养活可不是一件容易的事，戈顿担心怎么给它解决饲料，不过他想到有草、树叶，还是欢迎鸵鸟的到来。小孩子们看到驼岛高兴极了，都跑来看它，听说萨布斯要骑鸵鸟玩，他们也跟着起哄，也想骑鸵鸟耍威风。

"如果它不淘气，不捣蛋就行了。"萨布斯说。

"它比你还规矩。"科斯塔叫道。

"不会吧，科斯塔，你也想骑上它？"

"我不会跟你抢的。"

"我不玩了，上次骑在海龟背上，可把我吓坏了。"

"这次是鸟，它不会跳到大海里去的。"

“但是它会飞呀！”道尔说。

两个孩子一直在讨论怎么想办法能骑上它玩。

在弗兰奇·丹落下脚来之后，戈顿他们每天的生活都很有规律，他们不只是做事，还组织小孩子们继续学校的学习。

“我们不是带了课本嘛，”戈顿说，“把我们以前学过的课程，教给低年级学生。”

“就应该这样做，”布里安回答说，“到我们回家之前，不应该白白浪费时间。”

到了冬季，天气变得恶劣起来，少年们很少出去玩了。在弗兰奇·丹居住最不方便的是房间狭窄，因此有必要把居室扩大一点。

新的发现

少年们曾多次到悬崖那边去寻找有没有有其他大的洞穴，但是一直没有找到，因此只好计划对住处进行扩展。

岩石十分松软，扩展并不困难，花费了不知多少时间，冬季漫长，到春天时这项工程才能完成。巴库斯塔把入口扩展开，把“斯拉乌吉号”上的门安装上了，并在入口的左、右两侧开了两扇窗户，洞穴里明亮了，空气也变得清新了。

一周之前，天气越变越恶劣，强风在岛上刮起，但对洞穴没有产生什么影响。

5月27日，少年们开始动手扩建洞穴，他们干得很卖力。

“要是沿斜线刨下去，”布里安解释说，“一直往湖的方向刨，还能打开一个入口，冬季风大，一侧的入口不能打开时，还能够从另一侧出来。"

从洞穴中间到外侧还有一段距离，巴库斯塔认为应该先挖掘一个细长的洞，达到一定深度时再往宽扩展，这样弗兰奇•丹就能有两个房间，另外又增加了一个走廊。

3天时间，工程进展得很顺利，大家干得也很卖力。他们用刀把木头削成圆尖，竖起来支撑不让墙塌下来，这活儿相当不好干，还要把挖掘出来的土搬到洞外边，当挖掘到5英尺时，30日中午，发生了一件奇怪的事。

这天，布里安依然像前天那样卖力，正往下挖岩沙时，好像听到了从岩石中传来不太强烈的声音。

他警觉了起来，竖起耳朵，仔细地听着……确实有声响。他立刻奔回入口，来到了戈顿和巴库斯塔身边，说了这事。

"是错觉吧？"戈顿说，"会不会是你太紧张了？"

"不信，你可以到里面听听。"布里安说。

戈顿钻到细洞里，很快就回来了。

"布里安说得没错！好像有什么东西在远处。"

巴库斯塔也去听了听回来说："到底是怎么回事呢？"

"现在还不清楚，"戈顿说，"先别告诉多尼范他们。"

"也别告诉小孩子们，这件事非同小可。"布里安说。

吃饭时大家聚到一起，布里安说了这件事，大家都感到很恐慌。等多尼范几个人跑去听时，什么声音也没有听到，他们说肯定是弄错了。

夜里9时左右，突然吼声不断，猎狗一边不停地叫着，好像对那个吼叫声作应答似的，一边往外边跑去。

英国的孩子，从小听过不少恐怖的故事，因此道尔、科斯塔、詹金斯、阿依瓦森都被这声音吓坏了，尽管布里安为他们壮胆，但是他们几个仍然吓得睡不着，睡着的也都做了噩梦。

第二天大家一大早就起来了，巴库斯塔和多尼范到刨开的细洞中去查看，什么声音也没有了。猎狗若无其事地四处走动，没有像昨晚那样对着墙壁拼命地狂吠了。

"继续刨吧！"布里安说。

"要是再有可疑的声音，应该立即停止干活。"巴库斯塔说。

"会不会是岩石间流水的声音？"多尼范说。

"如果是流水的声音，每天都能听得到呀！"威尔考库斯说道。

"对，"戈顿说，"可能是风吹岩石裂缝的声音。"

"爬到上面看看，或许能搞清楚。"萨布斯说。

下到河岸不远的地方，有能登上悬崖顶部的弯曲小路，巴库斯塔几个人，快步登上了崖顶，爬到了弗兰奇·丹的上边，那里的草虽然长得茂盛，但却长得很矮，能钻进风，但能存水的裂缝却一个也没有。

两天的工程进展都十分顺利，没有听到以前那种令人恐惧的声音，凿岩石的声音也变得清脆了，也许那种声音是自然洞穴发出的吧？如果这种声音存在，说明此处有自然洞穴，这可是好事，扩展洞穴的工程也加快进程了。

大家都在拼命地劳动，没有再发生任何意外情况。到了晚上，狗却不见了踪影，这使戈顿十分不安。平时，猎狗"凡"总是在吃饭的时候，坐在主人身边的，戈顿连着叫了几声，猎狗

"凡"也没有出现，戈顿走到门口，开始大声叫着……

其他人随后也都出来了，来到了洞穴的近处，到光亮的地方去寻找，但没有找到猎狗"凡"。是"凡"迷路了？不会的，难道被野兽咬死了？有这种可能。

到了晚上9时，悬崖、湖边，附近的每一个角落都找遍了，都没有找到，最后大家只好死心了。大家极其担忧它不回来了，他们非常为那个聪明伶俐的动物担忧，它大概永远也回不来了，大家的心里都很难过。

他们或躺在床上，或围着桌子坐着，都不想睡觉，洞穴里一片寂静。突然，有声音打破了寂静，随之又听到了吼叫声，狂吠声，痛苦的吼叫声持续了一段不短的时间。

"听出来了，是从那边传来的。"布里安喊着跑到了掘开的细洞那边，大家都惊恐地站起来，年纪比较小的孩子吓得钻到了毛毡里边。

布里安返回来说："可能那边还有一个洞穴。"

"会不会是动物的洞穴呢？"戈顿说。

"应该是，"多尼范说，"明天出去找找。"

"凡"的叫声，狗的狂吠声与那种吼叫声混在了一起。

"这不是'凡'吗？"威尔考库斯说，"像是在同什么动物撕咬！"

布里安又重新钻进了洞里，把耳朵贴到墙壁上，但这时什么也没有听到，不管"凡"是否在那里，肯定旁边还有一个洞穴。

天亮了，他们到湖、河两个地方仔细查找，什么都没有找到。布里安和巴库斯塔继续轮流掘洞。两人一直都没有休息，因为镐头太旧了。

用过午餐稍作休息之后，从1时钟开始又接着掘洞，只差最后一镐墙壁就要被凿开了，人们担心有什么动物会从墙壁那边跑出来，因此非常小心，低年级的孩子们被领到了河岸。多尼范、威尔考库斯、威普等人，手里都拿着武器。

下午2时，布里安短促地叫了一声，一镐把岩石打开了，里面果然有个大口子。

他来到了伙伴们中间，还没来得及说话，突然一个动物猛地跑了过来……原来是"凡"。

猎狗"凡"先是跑到了装水的水桶边，张口就喝，喝了不少水，然后晃动着尾巴，跑到了戈顿的身边。

布里安提着煤油灯，钻到了刨开的细洞里边，多尼范等人也随后跟来，扒开岩石，进到了入口，那个洞穴里漆黑一片，什么也看不见。

新发现的第二个洞穴，跟弗兰奇•丹大小相等，但它比弗兰奇•丹更深，洞底也铺着干沙子，与外边并不相通，他们把煤油灯拨亮，仔细地观察起洞穴来，肯定会从什么地方进来空气，而且"凡"肯定是从那里钻进来的。

突然威尔考库斯被什么东西绊倒了，他低头捡起来一看，是块变硬的动物尸骸。

布里安用煤油灯照了照。

"是豹的尸骸。"巴库斯塔有点害怕。

"我知道了！是'凡'把它咬死的。"布里安回答说。

"这下真相大白了！"戈顿也说。

原来这个洞穴是豹窝，它是从哪儿进来的呢？这还是一个谜。

布里安从弗兰奇·丹出来，爬上了湖边的悬崖，在几乎贴近地面的裂缝处，发现了一个窄小的入口。

令大家忐忑不安的事情终于弄明白了，大家十分高兴，猎狗又回来了，少年们的情绪又好了起来。

道尔分析说道，看来伏德安一直都没有注意到旁边还有一个洞穴，它完全像是"特意"为我们准备的，大家听了都很高兴。

孩子们打算把那个细洞作为走廊，于是他们干得更加卖力了，把第二个洞穴叫做"大厅"，这可是名副其实的大厅，它既可作为寝室又可作为学习室，最初的那个洞穴，则作为厨房和食堂。

先把床搬进来，摆放好，然后摆上椅子、桌子、火炉。同时，把湖边这一侧的入口扩大，巴库斯塔又设计安上了一扇门，又在门的两侧开了两扇窗户，室内显得更加明亮了。

工程进展得非常顺利，但还是花费了两个礼拜的时间，这时，天气变坏了，开始变冷，风很强，已经不能外出了。湖水像大海一样波涛翻涌，河水逆流而上，毫不留情地冲到了岸上，幸好洞穴的两个房间都受不到风的袭击，另外还备有很多木柴，火炉和炉灶都烧得很旺。

戈顿拟定的计划，要是大家赞成通过，那么就必须实行。在岛上一直要生活多久，目前还不知道，不过最好是一直到回国前都不要浪费时间，高年级学生一边教低年级生，一边通过学习来增长自己的知识。

在此之前，他们还做了一件有趣的事。

6月10日晚饭之后，少年们都聚集到大厅的火炉旁，商议决定应该给岛上的重要地方命名。

"这个主意不错！"布里安说。

"我赞成！"阿依瓦森也嚷道，"起好听的名字！"

"鲁滨逊以前不也是这么做过吗？"威普说。

少年们都开动脑筋想出了一些好名字。

"给'斯拉乌吉号'最初靠岸的海湾命名叫斯拉乌吉湾，这是早定下来的了。"多尼范说。

"不错。"库劳斯应声说。

"为了纪念那个遇难的法国人，弗兰奇·丹这个名字不能再使用了。"布里安说。

"经过斯拉乌吉湾那条河，取个什么名字呢？"威尔考库斯说。

"给它命名叫做西兰河，在我们的祖国就有这么一条西兰河。"巴库斯塔提议。

"好！好！同意！"

"那么湖呢？"格内托说。

"我想了一下，湖就叫'家庭湖'吧！"多尼范说。

他们还给悬崖命名叫做奥克兰丘，那个分开的海岬，布里安曾在那里看到过海，因此被命名为"假海岬"，有陷阱的森林叫做洞穴。斯拉乌吉湾和悬崖之间的地方叫做沼森，岛的南边叫做南沼，有踏脚石的河叫做踏脚石河，帆船漂流到达的那片海岸叫做风暴海岸，洞穴前的那片宽阔的草地，叫做运动场。

伏德安地图上画的海岬，也有了新的名字，北边的叫做北岬，南边的叫做南岬，面对太平洋的西海岸，他们命名为法国角、英国角、美国角，分别以少年们各自的国名来命名。

这个孤岛应该取个什么好的名字呢？

"太棒了！我给这个岛已经起了个好名字！"科斯塔叫嚷着。

"你起的？你能起什么好名字？"多尼范不相信地说。

"真聪明，科斯塔！"格内托说。

"叫它'孩子岛'吧！"萨布斯在一旁寻开心。

"喂，你们别逗科斯塔，听听他取的名字吧？"布里安说。

科斯塔立刻变得慌乱起来，不敢再说话了。

"说吧，科斯塔，"布里安鼓励他说，"说不定你取的名字真的很棒呢！"

"我是这么想的，"科斯塔说，"我们是查曼学校的学生，就给这个岛命名叫做'查曼岛'吧！"

查曼岛！太棒了，真是一个好名字，孩子们一致拍手赞成，科斯塔也立刻骄傲起来。查曼岛，无论从哪个角度分析都像是地名，就是将来记载到地图上，也没有什么不妥的。

大家兴奋了一阵，又该睡觉了，这时布里安说："我们给岛取了一个名字，难道就不应该给自己选举一位治理这个岛的指挥官吗？"

"什么？"多尼范颇感意外。

"不错！能够领导大家，不管做什么事情都能顺利进行的人！"

"对！应该选一位指挥官！"大家叫喊着。

"行啊，但是得决定任期，如果任期太长了不好。"多尼范说。

"这当然应该体现民主了。"布里安说。

"好！那么谁适应当指挥官呢？"多尼范颇有些担心，他在想要是布里安当选了，可太令他厌烦了。

"那还用问吗，当然是最聪明的戈顿先生！"

"对！对！我们都赞成戈顿当我们的指挥官！"

戈顿面对这样的荣誉，他真想谢绝，可又怕在众人之间引出什么纠纷，因此就答应了下来。

这样，戈顿成了查曼岛的指挥官。

度过冬季

从5月份开始，冬天正式在查曼岛停留，至少要持续5个月，戈顿领导大家把度过漫长的冬天应该准备的东西全都准备好了，孩子们不能到外边活动了，因此决定每天必须做功课。

在这个岛上，没有原来查曼学校那些条条框框，戈顿认为每个少年应该平等，除此之外，其他一切还是遵从原先查曼学校的习惯。

大孩子跟小孩子还是有一定的不同。弗兰奇·丹现有的书，只是旅行记和科学书。当然，少年们要研究怎样解决生活的困难，怎样应付一切危险，以及关于人生的有关问题，很多东西他们都在努力学习。

他们按照英国式的教育，为自己制订了学习计划：不怕困难，积极进取，乐观自信。实行这样的计划，对少年们修身养性帮助很大。

每天午前两个小时，午后两个小时，15个少年，一个都不能少，集中在大厅学习，由高年级学生教低年级学生，科目有数学、地理、历史，因为图书室这样的书多，资料也充足，每周的周日、周四，对与每天功课学习中有关的理科、历史、时事进行讨论。

戈顿作为指挥官，首先他自己做得很好，其他人都以他为榜样。

谁也不允许改变这个计划。

他们把"斯拉乌吉号"上的日历也带来了，度过一天就撕掉一页。还有钟表，为了确保时间准确，必须上好发条，表由威尔考库斯掌管；日历由巴库斯塔负责；威普全权负责记录气压计和寒暑计；由巴库斯塔负责把他们在查曼岛上发生的所有事情全部记录到了日记本上，巴库斯塔功不可没，他十分详细准确地记录了这一切。

这里最麻烦，但又最重要的要算洗衣服了，虽然肥皂不成问题，戈顿也多次强调低年级学生在运动场、河里玩时别把衣服弄脏了，但是麦克每天仍然要洗很多衣服，这么多人的衣服，麦克一个人根本忙不过来，高年级学生也只好来帮麦克洗。

第二天是星期日，他们按照英国星期的习惯，计划到家庭湖的岸边去野游，外边有些寒冷，所以只在外边进行了两个小时的散步，就立刻回来了，吃了顿热乎乎的晚饭。晚上还举行了一场音乐会，格内托拉手风琴，其他人非常认真地随着乐曲唱着，在这些孩子们的中间，唱得最好的是杰克，但是杰克并未加入到伙伴们的歌唱行列中。

6月，天气已经很冷了，寒暑计显示气温已降到零下10多度了，随着南风、西风的变化，温度也随之变化，弗兰奇•丹的周围到处是厚厚的积雪。

孩子们开始到外边打雪仗玩了。

有一天，杰克一直站在一边看别人玩打雪仗，突然库劳斯扔过来的雪球不偏不倚地打中了杰克，杰克立刻委屈地哭了起来。

"我不是故意的。"库劳斯赶忙为自己推卸责任。

布里安听到弟弟的哭叫声，慌忙赶来说："不管是不是故意的，你这么用劲打雪球危险得很。"

"他不玩游戏，站在这里干什么呀？"库劳斯反驳说。

"就会说漂亮话！"多尼范叫喊道，"这没什么嘛！"

"不错，是没什么的，算什么呀！"布里安说，"不过库劳斯我警告你，从现在开始，要小心！"

"你威胁小朋友，算什么呀！"多尼范说。

"你不要多管闲事？这是我和库劳斯之间的事。"布里安说。

"你也太霸道了吧！"多尼范说。

"你喜欢霸道是吧，你怎么这么爱用霸道这个词呢？"布里安说。

"你凶什么凶！"多尼范丝毫不示弱。

如果不是戈顿及时赶到，布里安和多尼范肯定会打起来的。多尼范对戈顿说了一些布里安的坏话，一边唠叨着回到了洞穴，他们两人已经积怨很深，处理不好关系，冲突是迟早的事。

大雪一连下了两天，为了让小孩子们开心，大孩子们做了很多大的圆雪球，造型是大头、大鼻子、大嘴巴，像个魔鬼似的。道尔和科斯塔，白天打雪球都玩疯了，到了晚上又开始害怕起来了，阿依瓦森和詹金斯嘲讽他们胆子小，可是嘲笑他们是胆小鬼也没用，他们害怕得不敢独自出洞。

6月底的时候，天气太冷了，不能再玩打雪仗了，地上积雪有三四英尺厚，几乎迈不开步，从弗兰奇·丹往外只能走出去百步远，危险是很大的。

到了7月上旬，孩子们有半个月的时间整天闷在洞穴内，不能到户外运动，每天都在学习，学习进步了，讨论也有规律地进行，多尼范在讨论这方面最出色了，但是他怎么总是那么傲慢呢？就是因为他的傲慢，反而把他的优点给遮住了。

尽管必须在大厅里度过休息娱乐时间，但是大家一直都很健康活泼，如果真的生病了，在这里是无法得到必要的治疗的，幸运的是，孩子们假如得小病，只要稍微休息一下，喝些热汤也没什么大碍。

在这个时候，他们遇到了麻烦的事，平时在退潮时，能从河里打水，现在河水已经结冻，无法从河里打水了。戈顿与被大家称作"技师"的巴库斯塔讨论了一下。

巴库斯塔仔细琢磨了一番，若能在河岸下安上管子，水就不会冻了，他把在"斯拉乌吉号"上使用过的管子，费了不少力气才把它埋进了地下，经过反复试验，水竟然成功地从河里流到了洞穴，生活用水问题解决了。

食物问题一直困扰着少年们。狩猎、捕鱼现在都无法进行了，麦克没办法，只好把以前省下来的从"斯拉乌吉号"上拿来的东西一点一点地用了。

少年们的健康问题在此时显得异常突出，这里有15名少年，正是长身体、食欲旺盛的时候。在冬天，也不是不能吃到新鲜肉，威尔考库斯对狩猎非常细心，他把肉储藏到河岸的树丛里。

在这种季节饲养鸵鸟，问题有不少。糟糕的是萨布斯，他对饲养鸵鸟没有一点技巧，因为这只鸟不吃肉，他不怕天寒地冻，亲自到洞外，费力地弄些草、植物根子等用来喂鸟。

7月9日早晨，布里安一大早起来到洞口看了一下天气，风转成南风了，还有些寒冷，他急忙回到了洞穴，把天气情况告诉了戈顿。

"这是一个大问题，"戈顿回答说，"这样寒冷的鬼天气，不知还要持续多久？"

"木柴不够了。"

"这好办！岛上的洞穴里不是还有很多吗？"

寒暑计显示，在有炉灶的情况下，温度也只有5度，拿到外面一试，立刻就降到了零下17度。

9时左右，用过了早餐，他们就到洞穴去了，今天天气很好，万里晴空，没有风。

洞外是白茫茫一片。在雪地上行走很容易，但是要把许多木柴运到洞穴，可不是一件容易的事。麦克想出了个好办法，把洞穴里长12英尺，宽4英尺的大桌子，翻转过来，桌面朝下，让它在雪地上滑行，由大孩子们用绳子在前面拽着桌子腿，朝穴洞走去。

奥克兰丘与家庭湖之间冰雪很厚，沾满冰雪的树枝在太阳光下闪烁着，非常好看。

大孩子们立刻开始砍伐，他们决定只砍粗枝，把细枝扔掉，为的是让它们能在炉灶、火炉里燃烧的时间长一些，没用多久，就砍下了不少树枝。他们用桌子往回运，几个人用力拽着，到中午前运了两趟，下午继续运，一直到4时。回到洞穴后，再把运回来的树枝劈开，一切搞好之后，孩子们才去休息睡觉。

砍柴、运输一连干了6天，运回来的木柴可以烧很长一段时间了。

一转眼就到了7月15日，这天是圣希金节。

布里安说："今天如果下雪，就会连续下40天。"

"管它下多少天，现在是冬天，就让它多下一点吧！"萨布斯说。

但是雪并没有接连下起来，风仍然是东南风，天气仍很寒冷，少年们都怕冷，不敢到外面玩耍。

8月的上旬，外面的温度已经降到了零下27度，往外边哈气，立刻就冻上了，手碰到金属上，被冰得像被灼烧了一样疼痛。为了保持洞穴内的温度，他们一直都小心翼翼的。

因为天气的缘故，不能到户外运动，这令少年们有些失望，布里安看到低年级的学生埋怨上帝对他们不公平。然而少年们并没觉得怎么样，大家顺利地度过了这个危险期。

8月的上旬到了，风转成了西风，天气渐渐好了起来。多尼范、布里安、萨布斯、威尔考库斯、巴库斯塔5人，计划到斯拉乌吉湾野游，他们计划早上出发，晚上返回洞穴。

海岸边上可能会有不少动物出现，另外要把冬天被寒风刮成碎片的旗换下来，布里安提议，应该在桅杆上挂上弗兰奇·丹的标记。

8月19日早晨，天还没亮，布里安、多尼范等5人就出发了，天空无云，月亮闪着青白的光。到斯拉乌吉湾有6英里左右就到了。

"看，有不少鸟在那里！"威尔考库斯叫喊道。

在岩石上聚集着成千上万只鸟，它们都长得不好看。

"这么多鸟，到底是什么鸟呀？"萨布斯问。

"是企鹅！"巴库斯塔说，"不要伤害它们。"

这些动作笨拙的企鹅，直挺挺地站着，不知道如何逃跑，如果多尼范性起，早就胡乱的把它们都杀掉了，布里安事先有劝告，因此他们并未猎杀企鹅，因为这种鸟没有什么用途，要是煤油灯缺少灯油，这里什么动物都有。

在冰冻已经裂开大缝子的岩石上跳跃的就是海豹，如果想捕抓海豹，那么事先应该堵死冰裂大缝，布里安他们现在要是立刻在近处围攻，海豹马上会从冰裂大缝夺路逃走，看来要捕猎海豹，以后必须组成特别的远征队才行。

布里安他们吃了一点东西，然后又对海湾进行了调查。

从西兰河到假海岬，一片白雪皑皑，企鹅、海鸥等海鸟以外的鸟，都没有在这个时候出现，"斯拉乌吉号"，已经深没在大雪之下。

大家非常配合，把"斯拉乌吉号"的旗帜换下，换上了弗兰奇·丹的标记，他们午后1时左右往回返，回到弗兰奇·丹时快4时，太阳都快下山了。

9月初的时候，风从海上吹来，温度也上升了，冰雪开始融化，能听到湖表面解冻的声音。

冬天就这样过去了，由于十分小心谨慎，孩子们并没受什么苦，大家都很健康，学习也有长进了。

有一天，戈顿严厉批评了道尔，固执的道尔，有几次写作业时懒惰，都被戈顿发现了，但他没有改正缺点，于是戈顿给了道尔惩罚，让他受到了鞭打。

英国的少年，与法国少年不同，他们对这种惩罚见怪不怪，但是布里安却反对这种做法。道尔后来渐渐改正了自己的错误。从这以后再也没有发生过这种事。

到这个时候，少年们漂流到查曼岛已经有6个月了。

湖岸探险

春天越来越近了，孩子们在漫长的冬季制订的各种计划，终于能够实施了。

查曼岛的周围地形到底是怎么一回事呢？这里是太平洋的群岛吗？查看伏德安的地图不是太平洋群岛，但是伏德安没有望远镜，从奥克兰丘再往前几英里的范围他就看不清楚，这样说来，也许从海面上能观测到岛。

在全面调查全岛的情况之前，先对奥克兰丘、家庭湖及洞穴之间的四周进行探查是有必要的。四周有没有大量能够利用的木柴呢？为了对全岛有一个全面的了解，少年们决定11月进行调查。

虽然日历上写着春天已经不远了，但由于查曼岛纬度高，天气仍然很冷，风仍然猛烈地刮着，差点要把奥克兰丘吹动了，连关门都成了一件困难的事情。

风进到走廊，一直钻到大厅里，比天寒地冻时还要冷，这期间，雨、风暴也相继袭来。这个时候，鱼、鸟都无法看到，孩子们还是不能到外边玩。要把坚硬的雪凿开，没有车子，只能用桌子了，巴库斯塔制造出了能运重东西的工具。

"斯拉乌吉号"上有个卷锚绳的机器，上边带有两个轮子，巴库斯塔考虑如何利用这两个轮子，面对该如何利用这两个轮子即便是专家也不是一件容易的事。

这种轮子是齿轮，齿像米粒一般，巴库斯塔把齿缝用小硬木块塞上，接着用铁片子把齿轮缠上，把铁棒穿在两个轮子中间，再用坚硬的板子套牢，就制成粗糙的车了。这辆车用处很大，不过目前还没有拉车的马，只能靠少年们勉为其难，做一回马了。

事实上，只要有力气比较大的动物，就能拉车了。查曼岛没有其他猛兽，只有鸟类动物，鸟怎么能代替他们拉车呀！这个岛为什么只有鸟呢？提到了鸟，看看萨布斯的鸵鸟就会明白很难驯服它。

但是萨布斯对此并不以为意，他模仿《瑞士的鲁滨逊》中的杰克，给鸵鸟取了个名字叫做"布朗塞文顿号"。

有一天，他引证他最爱读的书说："在杰克眼里，鸵鸟比马跑得还快呀！"

"是吗，"戈顿笑道，"小说中的杰克和你，杰克的鸵鸟和你的鸵鸟是不一样的。"

"怎么不同？"

"幻想和现实大不相同。"

"那又怎么样，"萨布斯不服气，"我就不信不能把它驯服。"

"你要弄清楚，"戈顿开玩笑说，"这个鸵鸟就算能说话，但你说些什么它也不能理解呀！"

不管朋友们怎样开他的玩笑，都不能阻止萨布斯驯服鸵鸟的念头。

10月下旬，天气开始好了起来，土地的暖气传到了树上，春天来了。

能够到外边自由活动了，孩子们把冬天的衣服脱下收起来，他们可是非常反感身上厚厚的衣服。他们捕抓鸟和野兽，萨布斯还在驯服鸵鸟，但是毫无进展。

11月26日早上，这个固执的萨布斯扬言不管怎么样也要骑上鸵鸟试试。

少年们都想看看萨布斯是怎样驯服鸵鸟的，低年级的学生虽然对此有些担心，但还是十分羡慕萨布斯，高年级的学生并没把这事儿当真，戈顿好心劝萨布斯不要冒这个险，让他停止，可是萨布斯已经下定决心，也只好由他了。

格内托和巴库斯塔把鸵鸟抓住，用黑布蒙住它的眼睛，萨布斯不管怎么努力都爬不上鸵鸟，最后好不容易爬到鸵鸟的驼峰中间，他全身都颤抖了起来。

被蒙上眼睛的鸵鸟，刚开始一动不动，当把蒙眼一摘掉，它撒腿就向森林里飞奔而去。萨布斯在驼峰上吓得连话都说不出来。他把它的眼睛蒙上，鸵鸟也没有反抗，萨布斯两只手紧紧地搂住鸵鸟的脖子，直到进入到洞穴，他才抓住一个机会摔了下来。

当其他人过来时，鸵鸟早已没了踪影，幸好萨布斯摔到草地上时没有受伤。

"这个家伙太可恶了！"他气愤地大声喊着，"等我下次抓住它……"

"你不想放过它！"多尼范嘲笑他说。

"你可比不上书上那个杰克！"威普说，"因为它还不习惯你，彼此都还不熟悉！"

"你们永远都熟悉不了，"戈顿说，"萨布斯死心吧！我早就告诉过你，现实与幻想是不相同的。"

11月一到，就可以进行长期探险了，目标是对家庭湖的两岸一直到北部的两侧进行探查。天气晴朗，并不寒冷，再也不用担心露宿野外了，大家开始为出发作准备。

这次行动人员有了一点变化，戈顿参加这次行动，而布里安和格内托留下看管洞穴。

11月5日一大早，戈顿、多尼范、巴库斯塔、威尔考库斯、威普、库劳斯、萨布斯一行，告别伙伴出发了。

这次探险中虽然没有麦克的参与，但探险队吃饭不会成问题，因为萨布斯总是自称厨艺厉害，他说想让大家见识一下他做厨师的本领。但大家对他的动机心知肚明，知道他想去找鸵鸟报仇。

戈顿、多尼范及威尔考库斯，都带上了武器。为了节约弹药，巴库斯塔带上了投石和套绳。他为人很老实，也很有才华，肯动脑筋，他能极出色地使用这种工具。

戈顿还带了橡皮艇，他把它折叠起来，很轻。从地图上看有两条相连的河，接下去是湖，橡皮艇是能够派上用场的。

戈顿又看了看地图，湖的西岸包括转弯处长有18英里，来回是很费时间的。猎狗在前面当开路先锋，他们一边在岸边的沙地上行走，一边警觉地观看四周。

走出了两英里，来到了荒草茂盛处，这片草长得十分茂盛，人一进去，便会被草遮掩住。

走着走着，猎狗发现了一处动物的隐蔽洞穴，多尼范举枪就想朝洞里开枪，戈顿把他拦住了。

"别乱开枪！"

"洞里肯定有动物，它的肉说不定味道还挺不错的呢！"

"填饱肚子很重要。"萨布斯边往洞里窥视边说。

"不开枪，怎么打死猎物呀？"威尔考库斯问。

"接下来，做什么？"威普问。

"洞里好像有狐狸，一熏就出来了。"

威尔考库斯抱了一堆枯草放在了洞口，点燃了火，只一会儿，被烟呛出来的有12只动物，都是兔子，萨布斯和威普用斧子砍死了它们，猎狗也逮住了3只。

"兔肉的味道不错！"戈顿说。

"看到这些兔子，我都快要流口水了。"萨布斯恨不得立刻把肉吃到嘴。

"先把它们收拾好。"戈顿说。他们用了半个小时穿过了这片小森林，在这之前，是布满沙子的沙滩，风吹得漫天是沙。

踏脚石河一直向湖流去，当孩子们到达河口时，临近正午了，已经走出了6英里。

他们决定在树林里休息一下，并排摆上两块大石头，升起火，马上就烤起兔子来了，萨布斯趁烤兔子的香味还没把猎狗招来之时，不停地翻动着，以免烤煳。

兔肉很快就被少年们分割而尽，有兔肉就足够了，它代替了两包饼干，省了不少食物。

吃完后，就开始过河，河水不深，很容易就安全地过去了。

湖岸渐渐变成了沼泽地，必须到森林边上去了。森林中有很多鸟儿在林中飞来飞去，萨布斯联想到鲁滨逊的故事，对此刻没能发现鹦鹉从林中跑出来，感到有点失望，他想那只鸵鸟是逃走了，会说话的鸟儿不知道是不是会老实一些。

傍晚5时左右，他们来到了一条河面比较宽阔的河前。这条河从湖里流出来，绕过奥克兰丘的北侧，注入到大海里去了。

戈顿一行决定先停下来，一天走了12英里远，这表明没有浪费时间。虽然已经给这条河命了名，因为他们现在在这里停留过，所以又为它起名叫做"斯道普里弗"。

大家的肚子又有些饿了，他们又烤了些兔肉，吃完后他们都觉得很累，在火堆边裹上毛毡睡下了，威尔考库斯和多尼范一边说着话，一边值班。这一夜很安全，没有发生什么意外事件，第二天早晨，他们早早就出发了。

斯道普里弗河水浅，橡皮艇终于派上了用场，这艘小艇，一次只能渡一个人，因此必须往返7次，这样花费了一小时。也多亏这艘小艇，才让大家安全过了河。

猎狗被水打湿，它一点都不在乎，它钻到了河里，一口气憋到了对岸。

这里不是沼泽地，他们10时之前就到了湖岸，他们上岸找了一个歇脚的地方，休息一会儿，湖水刚刚没过脚面，东边的水平线仍然是水天一线。

到了正午的时候，用望远镜观察的多尼范叫道："能看到对岸了！"

大家都朝那个方向望去，果然能看到对岸的树梢。

"我们必须在天黑之前赶到那里。"戈顿说。

沙滩上到处是茂密的荒草，一直扩延到了北部。查曼岛的北部，似乎是宽阔的沙地，与中央地带的森林正好相反，戈顿给那里取名为北沙滩。

"绕着湖的右岸走吧！"多尼范说道。

"那样走不对路！"戈顿说，"看地图有30英里到40英里远，需要四五天，费时又费力，不好。"

"难道我们就不到那里去探险了吗？"多尼范说。

"当然，"戈顿回答道，"我们下次再来吧！"

"何必等到下次呢？"库劳斯说，"从别的路回去多有趣呀！"

"既然这样，那就试一试吧，"戈顿说，"到斯道普里弗，走湖岸，然后一直向悬崖方向进发。"

"过沙滩，朝洞穴走，不是挺近的吗？"多尼范说。

"最好还是像昨天一样渡船吧，今天的河水比较急呀！"

"戈顿，你也太胆小了吧！"多尼范讥笑说。

"谨慎一些不是更好吗？"戈顿回答说。

戈顿他们滑过沙丘的斜面，回到曾经休息过的地方，随便吃了一些东西，卷起毛毡，带上武器，又精神抖擞地回到了昨天的路上。

天空万里无云，湖面微波荡漾，戈顿在考虑着天气的问题，如果一切顺利，后天傍晚就能回到弗兰奇•丹了。

到了上午11时的时候，他们已经很轻松地走过了斯道普里弗9英里的路程，一路顺风。多尼范打了两只很肥的野雁，直到这时多尼范的情绪才又变好了。萨布斯见到了猎物高兴得差点要跳起来，他马上拔掉猎物的羽毛，开始烤肉。

下午3时，在东北不到两英里的地方，已经能清楚地看见对岸了。周围有只海鸟在飞来飞去。

假如当时"斯拉乌吉号"漂流到这一带，在这里登陆的话，那么这些少年们是活不了的。

还有必要再往前探险吗？到达湖的右岸其实就可以不用再进行探险了，如果有与美洲大陆相接近的地方，那么一定是在岛的东部。

按照多尼范的建议，他们一直走到了湖边，天黑了下来，他们只得在湖边凑合着过了一夜。湖边没有一棵树，草木低矮稀疏，连苔藓都不长，少年们裹上了毛毡，在沙地上过了一夜。

顺利回归

离湖岔200步远，有一座高高的沙丘，能够将周围尽收眼底。天亮了，少年们立刻登到沙丘顶上，用望远镜往北看。

北部是一片沙滩，一直绵延到海岸，一眼望不到头，非常宽广。

"那么，"库劳斯说，"我们接下来该做什么？"

"回去！"戈顿说。

"那我们不走走其他的路？"多尼范说。

"好吧！"戈顿回答说。

一切准备好之后，他们乘橡皮艇过河。

"又有森林了，"戈顿说，"巴库斯塔，你该注意有没有猎物了。"

"森林里的猎物并不好对付！"多尼范回答说，他除了步枪之外不相信别的东西。

"我也这么想。"库劳斯随声附和。

"我们应该相信巴库斯塔，"戈顿说，"我想会成功的。"

上了岸后，萨布斯为大伙儿烧烤野雁，这只野雁有30磅重，又重又大，很肥的那种。野雁烤好了，这一顿，大家把肚子填得饱饱的，非常尽兴。

戈顿一行人开始进入洞穴里去了，从地图上看，河是从悬崖脚下开始向西北转弯，在假海岬的对面流入太平洋的。为了避免走远了，戈顿他们走了近路，回到了奥克兰丘。

有指南针确定方向，他们一直往西走，洞穴南边的树没有多少，行走也极为轻松，非常空旷，阳光能直接照射进来，这里长着美丽的花草，树木也长势很好。

对植物极其好奇的戈顿，这时又有了新发现，他拨开树枝发现有棵小树，树上生长着细小的叶片，还结着豆子大小的果实。

"这树叫特鲁卡，印第安人十分喜欢吃这种树的果实……"

"让我先尝尝，"萨布斯说着还没等戈顿拦住，伸手就抓了几个猛地往嘴里塞，立刻他的脸就缩成一团，大家见状哈哈大笑，萨布斯酸得牙根打紧。他胡乱地咽了口唾液说："戈顿，骗得我好苦呀！"

"我没有骗你，真的没有骗你，印第安人是用这种果实来造酒。哎，我们不妨采一袋子回去试试！"

小树的四周满是棘刺，不方便下手，只见巴库斯塔和威普敲打着树枝，这个办法很有效，不一会儿，地上就掉满了果子。

快到洞穴的时候，又有了一个发现。森林中的空地上，阳光能充分地照射进来，植物生长得十分茂盛，一棵树宽有60英尺至

80英尺，树的上边停着很多鸟。

戈顿又发现了一种叫做佩尔耐迪亚的茶树，它的叶子气味芬芳，晒干了，是上等的茶饮料。"先带回去点儿，以后再来大量采摘。"戈顿说。

到奥克兰丘的北边时，已经是下午4时，沿着山丘的边缘走只有两英里，狭窄的山谷之间有一条急流，再走一段，河的下边有浅滩，他们没费多大力气就渡过去了。

"那条河好像是我们最初探查时发现的。"多尼范说。

"是那条有踏脚石的河吗？"戈顿说。

"不错！就是那个踏脚石河。"

"就在右岸宿营吧！"戈顿说，"马上天就黑了，没办法，今天晚上又得在外面睡觉，明天晚上，就能在大厅的床上睡了。"

晚餐还没有准备好，戈顿又要去寻找新的植物，巴库斯塔想到森林里去捕猎物，两个人结伴到森林里去了。

刚走出了百步左右，他们俩就发现草原上有动物。

"是野山羊吗？"巴库斯塔轻声问戈顿。

"是野山羊，不能让它们跑了。"戈顿说。

"抓活的？"

那还用说，这下就看你的了。

有6只野山羊在那里吃草，它们丝毫没有注意到有危险在逼近。过了一会儿，其中的一匹似乎觉察到了什么，抬头向四周看了看。巴库斯塔眼疾手快，一块石子脱手而出，一匹山羊被击中，戈顿和巴库斯塔立刻赶了过去，抓住了它，两匹小山羊，不肯离开母亲身边也被抓住了。

"抓住了！"巴库斯塔欣喜地叫道，"不知道是不是山羊？"

"不像，好像是'比克尼亚'。"戈顿没有什么把握。

"它还能产奶水？"

"你瞧，这不是吗？"

"就叫它，'比克尼亚'好了。"

戈顿说得不错，"比克尼亚"长得极似野山羊，比野山羊腿长，浑身长满短毛，头小，没有角，主要分布在美洲草原，麦哲伦海峡附近。

戈顿和巴库斯塔，联手将"比克尼亚"兴高采烈地往回拖，看到戈顿两人捕获了猎物大家高兴极了，多尼范后悔自己没有跟着去打猎，他们没有再为生擒动物用投石好不好争论下去，母"比克尼亚"被拴到了树上，低着头吃着草，两个小崽子在母亲身边活蹦乱跳着。

这一夜，少年们都不敢睡，这一带有野兽出没，深夜3时左右，传来了令人毛骨悚然的吼叫声，少年们都被惊醒了。

"发生了什么事？"威尔考库斯问道。

"野兽来了。"多尼范说。

"厉不厉害，是不是美洲狮？"

"还不清楚。美洲狮没有什么危险，不过要聚集了一大群，那可是很恐怖的。"

"不用怕，没什么好怕的。"多尼范说着端好了步枪，其他几个人也拿起了手枪。

"等他们靠近了一些再开枪，"戈顿提示说，"咱们这里有火堆，它们也许不会到附近来的。"

"它们就在附近。"库劳斯说道。

猎狗在狂叫着,他们确定猛兽就在附近,四周漆黑一片,伸手不见五指。

野兽们是夜里出来寻水喝的,它们发现附近的人类对它们形成了障碍,因此便发威了。突然,在前方20步远处,有一只动物的眼睛在闪闪发光,紧接着枪声响了。

枪是多尼范开的,接着便是吼叫声,孩子们端着枪,站在火堆旁边。

说时迟,那时快,巴库斯塔将一把火把迅速地扔向了那个动物,野兽们立刻向森林深处逃去,其中有一只肯定中枪了。

"逃走了!"库劳斯欢呼了起来。

"我们胜利了!"萨布斯也高兴了。

"它们还会不会再来呢?"库劳斯不放心地说。

"说不定会回来,为了安全,我们必须轮流值班。"戈顿说。

天快亮的时候,他们把火烧得很旺,一只动物受了伤也许会死去的,因此天一亮,少年们就出去寻找。在前面不远的地方,发现了流血的痕迹,那是动物带伤逃了,到底是些什么样的动物呢?大家都吁了一口气,不管怎么样,没有一个人受伤,这是最大的胜利。

戈顿一行把时间看得十分紧要,他们正急着往回赶。萨布斯和威普抱着两只小崽儿,母羊"比克尼亚"则老老实实地被巴库斯塔牵着。

奥克兰丘脚下这段路,行走起来并不困难,左边是连绵不断的森林,右边是绝壁。

11时的时候开始进餐，这次为了节省时间，他们只吃了些罐头，又立刻上路了。

他们赶得很急，午后3时左右，从森林里传出一声枪响。

多尼范、威普、库劳斯，带着猎狗领先走在前面，速度很快，这时听到了传来"那边……那边"的叫声，那是戈顿的声音。

就在这时，一只大动物从树林间跑了出来，巴库斯塔扔出了套绳，一下子就套住了它的脖子，巴库斯塔他们拽着绳子，那只大动物没有挣扎，它被拽得四脚朝天，然后他们放长绳子，把它拴到了树干上。

这时，多尼范等人从一边走了出来。"这个讨厌的家伙！把一切全搞糟了！"多尼范气愤地说。

萨布斯回答："巴库斯塔做得不赖嘛，我们把它活捉了！"

"我恨不得一枪打死它。"多尼范说。

"杀牛干什么？"戈顿说，"好不容易抓到了能拉车的动物。"

"对，不能杀它。"萨布斯嚷道。

"这是驼羊，"戈顿解释说，"在南美洲很常见。"

虽然动物学里有把它称作骆驼，但它跟非洲的骆驼还是大不一样的，脖子长，头长得很好，腿瘦长，证明它行动敏捷。浑身都长满了浅草色的毛，带有白色的斑纹，它的速度很快，比一般的马还快，驯服它能使之成为有用的家畜。南美洲的居民一般都利用它驮东西。

它很乖驯，巴库斯塔摇动着套绳任它跑着。

这次探险，让少年们获益匪浅。驼羊、"比克尼亚"母子、茶树，带着这些东西回去，伙伴们肯定会十分高兴的。戈顿发现投石和套绳十分有用，感到非常高兴。

戈顿摊开了地图，离弗兰奇·丹还有4英里，萨布斯想要骑到鸵羊身上，想在伙伴们面前耍耍威风，戈顿说等它习惯了之后再骑，萨布斯只得打消了这个念头。

"萨布斯，鸵鸟还没有摔惨你吗？驼羊说不定比鸵鸟更厉害呢！"威普笑着说道。

科斯塔老远就发现了归来的戈顿一行人，他立刻跑回去通知了大家，布里安等人马上就奔出洞穴来迎接，外出数日的探险队也高兴地迎了过去。

快乐圣诞节

在戈顿外出探险期间，布里安把弗兰奇·丹料理得很好。

但是布里安却对弟弟情绪的巨变感到非常奇怪，他十分担心杰克。最近，不管布里安如何询问，杰克都是这么说："不……哥哥……我没事的。"

"杰克，不说不行，你到底怎么了！喂，我可是你哥哥，你有事不能瞒着我。"

杰克不想再对哥哥隐瞒了，他说："哥哥，我做了一件对不起大家的事。"

"你说吧，什么事情这么严重？"

杰克再也忍不住心中的不安，泪水流了出来，哥哥再往下追问，杰克只说一句话："我以后会告诉你的。"

布里安不好强求杰克说出来。戈顿回来后，布里安把这事儿告诉了戈顿，该怎么办好呢？

"现在不能急，"戈顿回答说，"你不能逼他，过一段时间再说吧！"

到了11月9日，少年们还有事做，见习水手麦克告诉大家说，食物越来越少了，还要节约弹药、火药，必须用套绳来捕猎动物。

南半球的11月正相当于北半球的5月，这个时候不适于捕猎动物，驼羊与"比克尼亚"母子，被拴到了洞穴附近的树下，冬天没有东西吃的时候，只能吃它们了。

巴库斯塔好动脑筋想办法，他想的办法帮了大家不少忙。少年们尽可能使用着帆船中大工具箱里的工具，这里边有很多有用的东西。他们砍来了很多树枝，作为关养动物的小棚子的柱子，搭成了能饲养12只动物的棚子，并在柱子上钉上了长长的横木，即使猛兽来了也没有危险。

棚子用"斯拉乌吉号"上的木板制成，把木材锯成板子很容易，棚顶用上了厚厚的防水布，也不用担心刮风下雨。在地上铺上了稻草，有大量的草作饲料，家畜每顿都吃得很饱。

格内托和萨布斯每日负责饲养动物，驼羊和"比克尼亚"母子已经习惯这里了，看上去它们对这里的生活十分满意。

少年们好事不断，他们先是在陷阱中捕到了一只驼羊，另外还捉到了一对"比克尼亚"，这是巴库斯塔和威尔考库斯用投石猎获的，又让猎狗四处去追，终于又把那只鸵鸟追了回来，萨布斯费了不少心思，鸵鸟还是不习惯。

戈顿又把小棚子分隔出了一部分，用来喂养那些鸟儿，让小孩子阿侬瓦森和詹金斯来喂养，对这两个人来说，这个工作，正合他们的心意。

多亏了麦克把"比克尼亚"的奶汁及鸟蛋都利用了起来，炒出来的菜味道还挺好的，要是当初戈顿不提出节约砂糖，麦克也就无法做点心了。每个星期天，他们都会改善生活，每逢这时，道尔和科斯塔都会极开心地饱餐一顿。

日常生活中，没有糖是不行的，萨布斯根据鲁滨逊的做法，说要出去找一找，他和戈顿一起来到了洞穴树木繁茂之处，发现了一种到初秋就长出红色叶子的树。

"太好了，这是砂糖枫树。"戈顿说。

"有用吗？"科斯塔忙问道。

"怎么没有用，"戈顿回答，"简直是大有用处。"

这个发现对他们帮助很大，把这种枫树的树皮划破，就能取出汁液来，汁液凝固之后就成了砂糖了，虽然它的味道像甘蔗、甜菜等，不是上等的糖，但用处可不小。

有了砂糖就能调糖水喝了，用茶树的叶子泡水喝，虽然它不及中国茶，但味道也差不到哪里去，到森林去时，必须大量采集。

在查曼岛，少年们基本上不缺什么生活必需用品，唯一遗憾的是没有新鲜蔬菜，他们只好吃罐头蔬菜。布里安发现那个遇难的法国人在悬崖下曾栽种过山芋，他也试着在那里种植野生山芋，但不见效。

聪明的巴库斯塔用有弹力的小叶樱的树枝做了一把弓箭，用苇子的茎钉上钉子制成，射击技术很好威尔考斯和库劳斯常常用弓去打鸟儿。

12月7日，多尼范对戈顿说："狐狸、狼经常来骚扰我们，到晚上用绳捕不到它们，我们就用枪对付它们吧！"

"我们可以埋伏陷阱擒住它们。"

"没那个必要！狼有些发傻，或许有时能掉进去，但是狐狸可狡猾得很，威尔考库斯已经费了不少心思了，我们一直拿它们没办法。"

"万不得已的情况下才可以开枪，但是要注意节约弹药。我们有枪可就不用怕那些畜生了。"戈顿提醒道。

查曼岛上的狐狸非常狡猾，也很难对付，它们在牧场能咬断拴马的皮绳，把马吃掉。

晚上，多尼范领着跟他气味相投的几个伙伴到洞穴的灌木丛去看守。他们没把"凡"带来，因为狐狸狡猾得很，一有动静，它马上会逃掉。

黑夜里伸手不见五指，一丝风声都没有，四周静悄悄的，连狐狸在枯草上跑的脚步声都能听到。

深夜12时，多尼范通知大家说猎物已经到附近了，少年们全神贯注地等着野兽前来送死，多尼范猛地发出了信号，紧接着枪声不断，一下子打中了五六只狐狸，其他家伙迅速四散逃命去了。

到天亮时一看，昨晚打死的狐狸有10多只。随后这样的狩猎行动持续了3个晚上，到第四天晚上，这些危险的客人就没再出现。这次狩猎收获不小，少年们获得了近百张极好的狐皮，并把它们制成褥子、衣服。弗兰奇·丹的生活充满了乐趣！

12月中旬少年们决定到斯拉乌吉湾探险，天气晴朗，戈顿让所有人都参加，低年级学生终于美梦成真，兴奋极了。天一亮就出发，要到天黑之后才能回来，天黑了赶不回弗兰奇•丹就将在野外露宿。

到海边捕猎海豹是此行的目的，漫长的冬夜，耗掉了很多灯油，伏德安做的蜡烛，也所剩无几了。没有植物油，只能从动物身上提取，海豹身上有不少油，从它身上获取，那是最好不过的了。

有两只驼羊已经乖乖地听从于萨布斯和格内托，它们能拉车，这次出来探险，他们把弹药、食物、工具等装到车上，让驼羊拉着。

刚开始几个小时，队伍顺利地前进着，道路有点坎坷，车也走得很慢。

8时左右，当队伍来到沼泽地时，库劳斯和威普喊了起来，多尼范他们赶了上来细看，原来在沼泽地之中，在他们面前百米远的地方，有只庞大的野兽卧在那里，是肥大的河马。

"那是什么动物？"道尔害怕地问道。

"是河马。"戈顿回答说。

"我没有听说过呀！"

布里安补充说："就是河中之马的意思。"

"为什么不叫河猪呢。"萨布斯说。

萨布斯说得很幽默，在场的人都哈哈大笑起来。

少年们是在11时的时候抵达斯拉乌吉湾的，他们在帆船破碎时曾支过帐篷的那个河岸休息。

海边有很多海豹，它们一会儿在岩石间来回乱蹦，一会儿又晒晒太阳，十分自在。这些海豹好像不曾见到过人类，见到戈顿他们竟然毫无警觉。还不能过早地惊动它们，以免它们逃走。

他们很快就把午餐吃完了，少年们开始准备狩猎，步枪和手枪全都带来了，这次戈顿也不能再吝惜弹药了。

多尼范拿着枪指挥大家堵截海豹，大家把从河口到暗礁河岸这一带全部包围起来，每隔三四十步站一个人，围成半圆形。多尼范第一个开枪朝海豹射击，紧接着大家一齐动手开枪，每个人枪法都不错。多尼范此时非常活跃，大显身手，其他人也都效仿多尼范，几分钟就干掉了20来头海豹。

怎样从海豹身上获取自己想要的东西呢？这件事不好做，先把被击倒在岩石之间的海豹，拽到沙滩上。麦克用两块大石头架起了炉灶，升起火，把锅放上，一次切下五六磅海豹肉放到锅内炼油，不一会儿就炼出了很多的脂肪。他用鼻子闻了闻，油没有腥味，固执的多尼范也觉得还过得去。

到第二天傍晚，油提炼了不少，暂时够用了，海豹也不再来了。少年们在第三天早晨回弗兰奇·丹，临出发时，发现空中聚集着一群猛鸟，它们是来吃海豹的残骸的。

少年们向奥克兰丘顶上插着的英国国旗招了招手，并与太平洋的水平线告别，然后沿着西兰河右岸出发了，快天黑的时候，他们平安地回到了弗兰奇·丹。

接下来的几天，日程同往常一样，试验了一下海豹油，虽然没有蜡烛好用，但是有了它，漫长的冬夜里就不必担心在洞穴彼此相撞了。

圣诞节马上就要到了，少年们都准备好好庆祝一下，戈顿打算把庆祝活动搞得庄严一些，要向远离的故乡祝福，大家的心都飞向了久别的家乡。假如孩子们的家人能听到孩子们的祝福该有多好，孩子们会这样呼唤："我们在这个岛上生活得很好，上帝保佑，用不了多久我们就能够平安回去的。”

少年们决定在12月25日和26日两天休息，工作也暂且停止，第一个圣诞节，代替了查曼岛的新年。圣诞节终于到了。巴库斯塔和威尔考库斯把"斯拉乌吉号"的信号旗、国旗装饰在大厅入口上方，少年们为圣诞节的到来而欢呼。

12月25日早上，奥克兰上空响起了礼炮声，在大厅窗下放有两支备用步枪，多尼范拿起一支就打了起来。

少年们彼此祝福，对查曼岛的指挥官，大家还有特别的祝福，由科斯塔代表大家，紧紧地拥抱了戈顿。

这一天的天气也很好，大家玩得特别开心。

节日过得太有意义了，大家欢天喜地玩着，不打架，也不争吵了，然后又放了一声庆祝的礼炮，麦克告诉大家食物已经准备好了，可以吃了。

蒙着雪白台布的大桌子上，正中间放着圣诞树，树枝上挂有英、美、法三国小旗，饭桌上好吃的有很多，大家都把眼睛瞪圆了。圣诞节午餐是麦克和萨布斯精心准备的，两个人得意洋洋，有烤得香喷喷的小鸟、小兔子、野鸡等，还准备了布丁、茶和咖啡。在查曼岛庆祝圣诞节，那才是真正的圣诞节，简直无可挑剔，完美无缺。

戈顿开始向大家敬酒祝福，戈顿为大家的健康，为远离家人的孩子们的幸福祝福，以此作为大家为他祝福的回报。最后，科斯塔站起来，代表年龄比较小的孩子们对一直亲切关怀他们的布里安表示了感谢。

大家都围着布里安，祝福他，并敬酒给他，布里安心里很高兴。只有多尼范觉得这种场面很无聊。

探查东部海域

圣诞节一过完，新的一年又开始了，在南半球这时正是盛夏。

"斯拉乌吉号"的少年们，扳指算了一下，他们身陷孤岛快10个月了。

他们的生活渐渐变得好起来，这令他们感到很满意。

这里肯定是个孤岛，什么时候才能得到来自外边的援救呢？还要在这里度过第二个寒冷的冬天吗？

这些日子里，在戈顿的照顾下，少年们才没有受到病痛的折磨，虽然如此，少年们尤其是年龄比较小的孩子，极其渴望能得到家庭的温暖。

不管怎么样也要想办法离开这个岛——这是一直萦绕在布里安脑海的问题，但是眼下只有一艘小艇，在长时间的航海中，简直是弱不禁风。少年们又没有能力建造能度过太平洋的大船。

现在要做的是，做好一切准备，在弗兰奇·丹继续住下去，等待离岛的机会而无别的办法，他们已经具备了对付寒冷冬天的经验，到了寒冬，将会几周、几个月地闷在大厅里不能外出，他们所面临最大的困难是严寒和饥饿。

防寒必须要有燃料，戈顿在秋天就组织少年们捡了许多木柴。食物问题也是一个很关键的问题，多尼范他们几个负责狩猎，在陷阱下套绳，经常跑去查看。吃不完的那部分，麦克会精心地保管起来。

探险不能停下来，即使不是对查曼岛的全部，至少是对家庭湖的东部进行探险，应查清有无森林、沼泽、沙丘等，尽可能去发现有价值的东西。布里安为这事找戈顿讨论了几次。

"我们不用再怀疑伏德安的地图了，但是也应该对东部海域进行探查，我们有望远镜，或许能看到陆地呢！"

"你一直都没忘了回家。"

"我们必须回去，为了我们，也为了我们的家人。"

"对，我们必须回去。"

"好吧，我支持你们，不过要小心。"

"不用担心，只不过两三天。"

这天戈顿把布里安的探险计划跟大家讲了，多尼范心里有些抱怨布里安自作主张，戈顿解释说这次探险只需要3人，计划是由布里安制订的，因此必须按布里安所说的实行。

"我们这些人当中就他一个人有能力、有头脑。"

"你不能有这样的想法，你不要什么事都去争论一番。"

戈顿这么一说，多尼范也就不再说什么了，事后他找到库劳斯，暗地里还是说了不少布里安的坏话。

麦克发愿意去探险，更何况是跟布里安一起去，接替他工作的自然是萨布斯了。萨布斯一直就喜欢在大家面前神气神气，这次终于有了机会。杰克并不反对和哥哥一起外出。

一切都准备好了，等出发，麦克用小三角帆换下了前帆，准备了两支步枪、3支手枪、充足弹药、3张毛毡、喝的、吃的、一组补助桨，这些东西都是探险时的必备品。

2月4日一大早，布里安3人与其他同伴告别，在西兰河边登上了小船。天气晴朗，轻风轻指，由麦克掌舵，向贴近海面一些划去。速度渐渐加快了，半个小时之后，站在运动场向这边张望的戈顿他们就变成黑点看不到了。

只一个小时，奥克兰丘顶也在地平线上消失了，不妙的是正午12时的时候，风停了下来。

"今天不起风可真的不妙。"布里安说。

"怕就怕刮逆风。"

"麦克，你看起来真像是一个哲学家。"

"我不懂哲学家是个什么概念，我是不管发生什么事情心情也不改变。"

"这就是哲学家呀！"

"哲学家可不好当，我们不能停下来，划桨吧，天黑前赶不到对岸可就麻烦了。"

"不错，杰克你来把舵。"

没有风，麦克把帆也扯了下来，他们的午饭吃得很快，又开始划桨。小船像被磁石吸住一般，只向东北方向动了一点儿，小船已经移动到湖中央了。

下午3时，麦克用望远镜一看，前方像是有陆地。下午4时，在相当低洼的海岸，看到了森林的树梢。

再往前划上几英里就能到达东岸了。布里安和麦克已经很累了，还是在拼力划桨。水像镜面一般平坦，水深有12英尺到15英尺，湖面上长满了小草，鱼儿在水草间嬉戏。

小船终于在傍晚6时左右靠岸了，海岸上松枝垂摆，岸边有悬崖，在这里不能登陆，他们又向北走了半英里，看到了湖水的源头。

"地图上有这条河。"布里安说。

"但是，它现在还是无名河呢！"麦克说。

"是呀，它是向岛的东边流去的，我们就叫它东河吧！"

"我们又发现了一条河，往河口去。"

"明天再去吧，麦克，天色已晚，我们先找一个地方过夜吧！等明天天亮再上船，这样能看到两岸。"

"现在上岸吗？"杰克问道。

"是的，"布里安回答说，"到树下露宿。"

布里安他们顺利上了岸，拴好小船，把武器和食物运下来。在大橡树底下生起火，吃了一些食物，然后在地上铺上毛毡把身子裹上，很快就睡着了。为防备发生意外情况，他们睡觉的时候怀抱着枪。太阳下山了，夜里虽然听到了动物的吼叫声，但整夜都没有发生什么意外。

早晨6时，布里安是最早起来的，他扒了扒眼睛叫道："嘿，出发吧！"

他们很快上了小船，划到了河里。

河里水流湍急，半个小时前开始退潮，这样可以省不少力气，麦克只在船尾把舵就行了。麦克说："假如东河只有五六英里远，那么当海退潮时乘船那就恰好了。"

"那就好了。"布里安说，"我们可不能浪费涨潮的大好时机。"

"我们早点回去吧！"

"是的，麦克，岛的东部确实没有陆地。"

小船的速度越来越快，并且东河沿东北方向几乎是直线流淌的，它比西兰河要深，要宽，有30英尺左右，布里安非常担心遇到漩涡。

小船进到了非常茂密的森林里，这里生长着同洞穴林相同的树木，不同的是橡树、松树、枞树等树要多一些。

上午11时，树木渐渐变得稀疏了，空地越来越多，同时带有咸味的海风吹来，似乎离海已经很近了，很快在美丽的橡树对面，出现了青色的水平线。

小船在危机四伏的东河上漂着，不久河水就变得波涛汹涌起来。麦克把小船停到了左岸边。他们发现这里与岛的西部有些不同，岩石松散，洞穴比较多。

布里安看了看港湾，海湾宽约15英里，西边是沙地形成的海角。港湾边上什么都没有，麦克用望远镜看了很久，也没有发现有跟查曼岛东部和西部相同的地方。像是离陆地很远，伏德安在地图上并没有把陆地画出来，也是很自然的。

布里安没有觉得很失望，因为他早就料到会是这样的结果，他克制着几分失望，给这个海湾命名为失望湾。

"看来，从这里很难回家了。"

"不会的，布里安少爷，"麦克则说，"总会有办法回去的，先吃点东西吧！"

"河涨潮、逆流而上是什么时候？"

"就是现在呀！"

"时间太紧迫了，我想到高的岩石上，再仔细观察一下。"

"下次涨潮还没开始，大概是夜里10时吧！"

"晚上没有危险吗？"

"挺安全的，是满月。"

"我们还有12个小时的准备时间，利用这段时间，咱们再好好探查一下。”

海岸上堆积有花岗岩，并有不少洞穴，非常适合居住，半英里之内，就有十二三个洞穴。布里安在想，伏德安为什么不住在这里呢？地图上已经正确地画出了这里，伏德安肯定到过此处，也许是伏德安在没能对东部进行探查之前，不得不先在弗兰奇•丹住下来了。

2时，是观察海面的最好时机，3个人爬到了一块大岩石上，岩石极高，要爬上去也不是一件容易的事。

布里安用望远镜往东看，水平线清晰地展现在眼前，若是在七八英里之外有陆地，那么在望远镜里肯定能看到。

这里只有海空一片的广阔海域。

布里安他们3个人耗时达一个小时进行细心观察，最后彻底死了心，当他们要从岩石上下来时，麦克拦住了布里安说：“快看，那边！”他指着东北方向说。

布里安用望远镜向东北方向看去。

果然在水平线稍上一些，能看到像云彩状的点，布里安用望远镜专心致志地看着，那个小点儿纹丝不动，形状也没有变化。

“究竟是什么呢？或许是山吧，可是山也不是那个形状呀？”

太阳渐渐落下海面，那个小点儿也消失了，是高地，或是水面反射出来的阳光？杰克和麦克都说是太阳反射造成的，但是布里安却觉得没有这么简单。

探查结束后，3个人回到停小船的东河河口，杰克点燃了一堆篝火，麦克开始准备吃的东西，晚上7时的时候吃了晚饭，杰克与布里安在涨潮前，到海岸上散步去了。

麦克沿着河的右岸逆流而上，随便走走，当他回到河口时，天已经黑了，布里安兄弟两人还没有回到小船上，他们应该就在近处，因此麦克也没有担心。突然，传来了低低的哭声，他大吃一惊，还听到了叫喊声，是布里安含糊不清的声音。

布里安兄弟不会遇害吧？麦克迅速绕过岩石，正要往海岸那边跑，就在这时他突然站住了。

只见杰克紧靠在布里安的膝盖上，似乎在请求布里安原谅，这时麦克再想偷偷地退下去已经晚了，他听到了杰克做了错事的表白，布里安大声叱责道："这一切原来都是你造成的！是因为你大家才……"

"我知道我做错了！"

"你一直都不和大家在一起，原来就是这个原因！不过好在大家现在还不知道……千万，千万别对任何人说呀！"

麦克并不想打听别人的私事，可是现在再装作不知道已经不可能了，因此当只剩下布里安一个人时麦克说："布里安少爷，你们的谈话我都听到了。"

"啊？你听到杰克的话了？"

"是的——你不用再责怪他了。"

"但是别人不会放过他的。"

"不会这样的，不过还是先别让别人知道的好，我是绝对不会说出去的。"

"谢谢你！"布里安给了麦克一拳，低声说。

在上小船之前的两个小时，布里安什么都没有对杰克说，杰克自从向哥哥认错之后，变得更加颓废，一个人闷闷地坐在岩石上。

10时的时候，潮已经涨起，3人上了小船，解开锚绳，小船顺流而去。太阳西下，不一会儿就成了上满月，把东河的流水照得通亮，小船一直到夜里12时还是在顺利前进。

潮退之后，只能用船桨划行，速度很慢，于是布里安决定在明天早晨涨潮前先休息，到了第二天早晨，布里安3人又出发了，到达家庭湖时是9时。

紧接着，麦克又把船帆扬起，一路微风吹送，回到了弗兰奇•丹的海角。

坐在湖边钓鱼的格内托发现布里安他们平安回来，马上回洞穴告诉了大家，大家都出来迎接他们。

换届选举

布里安对弟弟犯的错误，对任何人，就连对戈顿也保持了沉默。他把探查的情况对聚集在大厅的少年们详细地讲了，还补充了在水平线上看到的那个发白的点。

只能振奋精神等待来自外部的救援而无别的出路。大家又开始忙了起来，尤其是布里安，更是以极大的热情投入到工作中去。与以前相比，他的言谈明显减少了，他跟他弟弟的心情一样难受。

他情绪的异常变化引起了戈顿的注意，他觉察出每当出现需要勇气，或是面对危险的情况时，布里安总是要求他弟弟杰克去做。杰克也非常积极，尽管布里安没说，但是戈顿感觉出兄弟两人之间好像有了某种默契。

2月，该做的事情都完成了，威尔考库斯发现了大马哈鱼开始往家庭湖上游移动，这样大家又找到了事做。张网捕鱼，然后把捕到的鱼用盐腌上，保存起来，这很浪费盐的。巴库斯塔和布里安几次去了斯拉乌吉湾营造盐田，海水被太阳晒干，就得到了那些盐。

3月初，戈顿他们又到南沼的部分地区进行探查，这次要去的有多尼范、巴库斯塔等。他们用轻质木材制成竹马，沼泽地上有积水，他们利用竹马就能平安度过沼泽地了。

4月17日一大早，多尼范、威普、威尔考库斯3个人乘小船过河，靠上了左岸，然后再转乘竹马，猎狗也一起跟来了，它非常自在地在水洼玩耍。

朝西走不远，就到了硬土地上，他们从竹马上下来，开始寻找猎物。

南沼除了东边连海之外，其他三面十分宽阔。南沼有很多野鸟，多尼范他们不用一发子弹，就能捕到上百只鸟，不过他们只打了二三十只。

多尼范等人在打足了猎物之后，离开了南沼，遇到水洼，竹马的作用仍然不能忽略，他们想如果到了冬天，还需要打大量的猎物，到那时再到这里打猎，他们很快又返回到岸边。

冬季还没有来，戈顿就计划给家畜、小鸟的窝安上保暖设施，这不能少了干柴，他们多次到森林中去，耗时达半个月之久，每天由驼羊拉车，往返于河岸之间。现在即使冬天持续6个月以上，也不用担心弗兰奇·丹的取暖及照明了。

虽然他们不停地忙碌，但没有影响到少年们的学习计划，一周两次的讨论会，多尼范总是很积极，他灌输给其他少年一些他们不知道的事情，但是大家不大跟他合得来。

还有两个月戈顿的任期就满了，多尼范十分希望自己能成为下届新的指挥官，威尔考库斯，库劳斯、威普3人都奉承他说，这是理所当然的事。

不过低年级学生都不想让多尼范当指挥官，也不想再投戈顿的票，戈顿作为指挥官有些过于严厉，而人缘不太好的多尼范，想利用这个机会让自己当上指挥官。

詹金斯、道尔受到戈顿批评时，曾得到布里安的辩护，因此他们对布里安评价较好，他们认为布里安要是能成为查曼岛新的指挥官，那么他们会过得更加快乐。

选举可是相当重要的事情，在这些少年的生活中，也有社会生活的影子，对于孩子们来说，这次选举对他们的成长有很大的影响。

布里安对选举并不在意，他和弟弟以极大的热情，比别人早起晚归地工作着。

少年们除了学习，每天有几个小时的休息时间，运动是保持健康的条件。

他们在树干上拴上绳子，一直爬到树枝上，练习爬树，还玩撑竿跳、游泳，也练投石和套绳，技能出众者还会受到嘉奖。

4月25日下午，8个少年，多尼范、威普、威尔考库斯、库劳斯为一组，布里安、巴库斯塔、格内托、萨布斯为一组，两组在运动场的矮草地上玩套圈游戏。

在两米之外立着两根铁棒，参赛者站在线外中点，手里拿着两只圈，往铁棒上套，套中一棒得2分，套中两棒得4分，圈投在棒的近处得1分。

这两组的竞争非常激烈，其原因是一组有多尼范，另一组有布里安，布里安这一组得了7分，多尼范以6分稍居下风。

决赛时，双方都是5分，每组还有两次投圈机会。

"现在轮到多尼范投了，"威普说，"瞄准了，这可是最后的机会。"

多尼范咬了咬嘴唇，皱着眉开始套圈。

但套圈投偏了，只投在了铁棒边上，合计得6分。

现在是布里安投了。

"加油！加油！"萨布斯叫着。

布里安不是为自己的荣誉着想，他想的是为组里争取优胜，他开始投了。

"7分！"萨布斯欢呼了起来，"赢了！赢了！"

多尼范立刻冲到前边说："不公平，不公平！"

"怎么了？"巴库斯塔问。

"布里安弄虚作假。"

"我没有作假！"布里安脸色发青地说。

"你还想耍赖，"多尼范一口咬定，"布里安的脚出线了。"

"你诬蔑人！"萨布斯喊道。

"不错，你诬蔑我，"布里安也说，"要是我脚出线算我失误，但说我作假，我不承认。"

"你不用狡辩了！"多尼范耸着肩膀说。

"对！"布里安非常气愤，"首先是能找到我脚正好踩在线上的证据。"

布里安往线那边走去。

"瞧仔细了，我鞋底上还沾着沙子呢！多尼范你有心诬蔑我！"

多尼范脱掉了上衣，把内衣袖子挽起来，一副要打架的样子。

布里安对此不屑一顾，说道："你诬蔑我还不够，还要挑事儿打架吗？"

"大家早看你不顺眼了，我要教训你这小子。"

"你不要闹事。"

"你真是个胆小鬼。"

"你说我是胆小鬼？"

"对，你是胆小鬼！"

布里安气得马上捋起了袖子，向多尼范逼近，这场架看来真要打了。

多尼范和布里安正要干一架的时候，因道尔去送信儿，戈顿赶来了。

"不允许你们打架！"他叫喊着。

"他弄虚作假了。"多尼范说。

"他诬蔑我。"布里安说。

戈顿加重了口气说："多尼范，我十分了解布里安，你不要老是挑起事端。"

"是的，"多尼范说，"你们是一伙的。"

"多尼范，你真的这么顽固，现在我们处在这种困境之中，你不能搞分裂。"

"布里安，你现在得意了吧！"多尼范叫喊着，"来吧！看看谁胜谁负。"

"不行！"戈顿也叫嚷起来，"多尼范，不准你在这里闹事。布里安，回到洞穴；多尼范，随便到什么地方去，好好反省自己的所作所为再回来。"

　　"对！对！"少年们也跟着叫嚷着，"我们支持戈顿，支持布里安。"

　　布里安回大厅去了，多尼范很晚时才回来，大家什么也没说，而多尼范现在特别厌恨布里安，看来他们真的成为了死对头。

　　冬天又来了，5月初，戈顿指示把火炉升起来，到了这个季节，鸟儿们也飞走了。

　　布里安一直在想回家的办法，现在关键是岛上还有燕子，燕子的利用价值不小。他捉来很多燕子，把查曼岛的位置画在一张纸上，装到小布袋里，挂在燕子的脖子上，放飞了燕子，希望燕子能够带给他们好运。

　　燕子向东北飞去了，少年们对它们寄予无限希望，他们目送着燕子越飞越远。

　　5月25日，下了一场雪，这场雪比去年来得要早，今年冬天会更冷吧！幸好不必为燃料、蜡烛、食物担心了。

　　从数周前开始，少年们就骚动不安起来，原来到6月10日戈顿指挥官的任期已满，大家都在私下里嘀嘀咕咕地议论着，戈顿不想再当指挥官了，而布里安，身为法国人，在以英国人居多的小团体里做指挥官，他更是连想都不想。

　　多尼范对选举一副毫不在乎的样子，而实际上，他对这次选举最关心了。

　　他聪明、有勇气，除了傲慢之外，还是有机会当选的。与他要好的威尔考库斯、威普、库劳斯不停地为多尼范当选进行游说。

6月10日，下午开始投票，麦克是黑人没有选举权，只有14人有权投票，8票算通过。

戈顿主持验票，在午后2时开始，他把选举结果宣读了：布里安8票，多尼范3票，戈顿1票。

多尼范、戈顿都表示弃权，布里安投了戈顿一票。

多尼范非常恼火会出现这样的选举结果，布里安对自己以多数当选感到吃惊。

起初他打算放弃这个名誉，就在这时他看到了弟弟杰克，想起了一件事情，于是他说："感谢大家的支持，我日后会为大家多做贡献。"

外出遇险

少年们之所以选了布里安，是因为布里安为人亲切，乐于助人，异常勇敢。

从新西兰开始到查曼岛的这段时间，他指挥帆船前进，从不向困难低头，国籍虽然不同，但是少年们，特别是低年级学生更喜欢他。

当然，多尼范、库劳斯、威尔考库斯、威普4人，都认为布里安没有什么了不起的，但是即使是他们几个，也从心里觉得自己的所作所为不太光明。

戈顿担心布里安当选之后，多尼范会更加恼恨布里安，不过他对布里安当选指挥官，感到由衷的高兴。从那天开始，多尼范几个人，一直想好好教训布里安。杰克对于哥哥接受了这个选举结果感到很意外。

"哥哥，你怎么会……"他说。

布里安轻声说道："对！我是为了给你赎罪，打算更加努力！"

"谢谢，哥哥，你让我多做一些事情吧！"

悬挂在奥克兰丘顶上的国旗，早被风刮碎了，布里安与巴库斯塔商量，用沼泽地边上长着的有弹性的草，编一个大草环，到6月17日进行最后的野游时，用它换下英国国旗。

外面的天气越来越糟糕了，他们把小船拖到了陆地上，用防水布蒙上，还设置了许多套绳和陷阱准备过冬。

8月初，刚开始的几天十分寒冷，寒暑计的温度数已经下降到了零下30度，布里安很担心现在的天气，空气拂面，非常冰冷，没有一丝风，从洞穴到外边只要待上一会儿，就会感觉到彻骨的冷。

幸好严寒没有持续下去，8月6日午后，刮起了西风，然而对弗兰奇•丹并未影响到什么，洞穴非常坚固，即使地震也不会倒塌，狂风刮倒了大批树干，这为少年们省去了不少力气！

结果是这场狂风把严寒吹走了，温度又有所回升，到8月末日子就好过多了。布里安已经可以到外边做事了，可是河、湖里的冰还是很厚，还不能钓鱼。他们设置的陷阱、套绳捕获了很多猎物，能够吃上新鲜肉了，鸟舍的鸟儿也孵化出了小鸟。

布里安想组织少年们到户外去滑冰，巴库斯塔做了很多双木底鞋，安上铁刀，就成了滑冰鞋了。新西兰的孩子们，都十分喜欢滑冰，此时此刻能够在家庭湖上进行大规模的滑冰了。

8月25日，上午11时，洞穴只留下了阿依瓦森、道尔、科斯塔、麦克4人，其他11人都到外边去找能滑冰的好场所去了。

布里安为了便于招集走得稍远的人，没有忘记带上帆船上用的角笛，大家已经吃过了午饭，计划在晚饭前回来。

好的滑冰场所在离岸3英里远的地方，他们穿过洞穴时，看到一直到东边还结着冰，在这里可不能滑冰。多尼范、库劳斯又把步枪带上了，布里安和戈顿并不特别喜欢滑冰，不过他们肩负责任，所以也在用心寻找着场地。

在出发前，布里安把大家召集到一起说：“我们时刻都要注意安全问题，虽然不用害怕冰会裂开，但要注意别扭了手脚，别往远处去，戈顿和我留在这里，听到角笛的信号，大家应该赶回来。”

话一说完，大家就跑到湖上去了，大家在冰上滑得很棒。

杰克的滑冰技术在这些少年们当中称得上是一流的，看到弟弟终于和大家在一起玩了，布里安心里特别开心。

听到人人都在称赞杰克滑得好，在滑冰方面非常自信的多尼范，当然感到很气不过，于是他故意往远处走，库劳斯也追了上来，这时角笛已经吹响了。

“嘿！库劳斯，”他叫道，“你看，东边有野鸭！”

“是有野鸭！”

“我们去打几只吧！”

“但是布里安说过不行的。”

“别听他的，我们打鸭子去！”

两个人追赶着野鸭，很快就走出了半英里远。

"多尼范和库劳斯呢？"布里安说。

"可能打猎去了！"戈顿回答说。

"只专注打猎可不是什么好事！"

"你不要担心他们。"

"如果有个万一，发生危险，那么谁能知道呀！"

两个人的身影变得越来越小了，最后什么也看不见了。

虽然离太阳落山还有一段时间，但还是挺让人担心的。这个季节天气变化无常，2时左右，从地平线升起了浓雾，天暗了下来，布里安心里更不安了。

"不会发生什么意外吧？"他叫喊道，"他们怎么还不回来呀？"

"再吹角笛。"戈顿说。

布里安连吹了3声角笛，笛声在湖面上回响，多尼范和库劳斯能用步枪发信号应答就好了。布里安和戈顿侧耳细听，没有任何声响，雾越来越浓，而且越来越宽，很快整个湖面都笼罩在浓雾之中。

布里安重新把少年们召集了起来。

"现在该怎么办？"戈顿说。

"在雾还没包围上来之前，我们必须去找他们！"

"我去。"巴库斯塔说。

"我们也去。"立刻有两三个少年自告奋勇。

"不要争吵，我也去。"布里安说。

"哥哥，让我去。"杰克说，"我们能找到他们。"

"好，"布里安说，"去吧，杰克，带上枪，把角笛也带上，用它发信号。"

"嗯！"

杰克转眼间消失在浓雾中。

半个小时过去了。等到了晚上，多尼范、库劳斯、杰克依然没有回来。

"步枪太少了吧？"萨布斯说。

"步枪？"布里安说，"弗兰奇·丹有，喔，快去拿来。"

半个小时后，布里安他们把3英里的路程又跑了个来回，这种情况下，就不能再考虑节省弹药了，威尔考库斯和巴库斯塔，各自举枪连打了几枪。

没有回音，现在是下午3时半了。

"用大炮。"布里安说。

"斯拉乌吉号"原来备有两门小型炮，大炮立刻就推来了。

"轰！"道尔和科斯塔吓得把耳朵堵住了，这非常猛烈的一炮，多尼范他们一定会听到的。几分钟过后，从远处传来了步枪声。

"是多尼范他们！"萨布斯欢呼了一声。

巴库斯塔又打了一枪。不久，两个身影出现了，运动场上响起了"万岁"的呼喊声，湖面上也有"万岁"声呼应着。

是多尼范和库劳斯。但是杰克却没回来。

布里安非常担心他弟弟杰克！库劳斯和多尼范是往南去的，而杰克是往东，多尼范两人如果听不到炮声，也会迷路的。

湖面上夜里气温会下降到零下15度，假如今夜杰克在湖面上过夜，肯定会冻死的。

"我不应该让他去。"布里安焦急地说。

巴库斯塔又开了两炮，杰克要是在近处，肯定会听到，他会用角笛作回答的，但是在最后的炮声轰鸣之后，仍然是一片沉寂，天已经快黑了。

这时浓雾散去了，天也晴了，西风吹拂，湖上的浓雾向东移去。

在湖岸上生火也是一个好办法，当威尔考库斯他们把枯树枝堆起来时，戈顿说："先停一下！"

戈顿拿着望远镜，他发现东北方向有一个人影。

"我好像看到了一个人影！"

布里安慌忙接过望远镜，看了一会儿，说："太好了！是杰克，我看见了！"

大家开始大喊起杰克的名字来了。杰克向他们这边滑过来了。

"他背后还有什么东西。"巴库斯塔嚷道，果然，在杰克身后百步远，有两个影子在追赶着他。

"那会是什么呢？"戈顿说。

"是人吗？"巴库斯塔忙问道。

"好像是动物。"威尔考库斯说。

"那一定是野兽了。"多尼范叫道。

他马上拿起步枪迎着杰克跑去。多尼范很快就赶到了杰克身边，他飞快地朝杰克身后的动物开了两枪，那两只动物迅速往回逃走了。

原来是熊！这个岛上有熊，这是一个新的发现？或者岛上根本就没有熊，它是爬在冰山上渡过冰冻的海面过来的吗？假如真是这样，那么在岛的附近也许会有大陆。

布里安迎上去，紧紧地抱住了杰克。

大家都祝贺杰克平安归来，刚才杰克去寻找多尼范和库劳斯时，吹了角笛，后来在浓雾中迷失了方向。他隐隐约约听到了炮声，他想这肯定是弗兰奇•丹的大炮，便寻觅回去的路线。

浓雾开始散去，天气又变好了，突然，不知从哪里冒出了两只熊，把他吓坏了，他稳了稳神，慌忙滑冰急溜，熊并没有拼命追来，否则一旦他滑倒，可就喂熊了。

大家回到了弗兰奇•丹。杰克轻声对布里安说："谢谢，哥哥，你给了我这个表现的机会。"

回到大厅，布里安对多尼范说道："我事先不是告诉了你们要注意安全吗？你们偏不听，把事情弄成这样。不过，多尼范，你救了杰克，我还是应该谢谢你。"

"没什么的。"多尼范回答得不冷不热的，并没有去握布里安主动伸过来的手。

很显然，说话的气氛并不好。

脱离群体

有一天傍晚，4个少年聚到了家庭湖的南岸。

10月10日，进入了好季节，树叶已经开始变绿，土地变成了春天的颜色，夕阳照着湖面，湖水被风吹皱了，鸟儿们又回到了森林、岩石间的巢里，成群地叫着。只是这四周树木少些。

在一棵海岸松的下面升着一堆火，4个少年坐在火堆旁烤鸭子吃，吃完了烤鸭子，裹上毛毡，留下一个人守夜，其他3人一直睡到了天亮。

这4个少年原来是多尼范、库劳斯、威普、威尔考库斯，他们结成一伙，不想再和布里安他们在一起。

第二个冬天马上就要结束了，多尼范和布里安之间的关系更加恶化，由布里安来做指挥官，多尼范感到气愤和厌恶，他根本就不听从布里安的指挥，弗兰奇•丹的和平被搅乱了，他很难再与大家共同生活下去了。

多尼范和他的3个支持者库劳斯、威普、威尔考库斯，基本上不和大家在一起，遇到天气不好不能去打猎时，他们几个就凑在大厅的一角，不知道说些什么。

"多尼范他们不知道要干什么？"布里安对戈顿说。

"他们还能干什么？"戈顿反问。

"我看他们是想离开我们。"

"不会吧？"

"不会弄错的，我还是不当指挥官了，由你来代替我吧！多尼范他们是针对我的。"

"不能这样，"戈顿强烈反对，"如果你这样做了，对推选你的少年们，就不能尽义务了。"

进入10月份，湖、河里的冰完全解冻融化了，10月9日晚，多尼范说想离开弗兰奇•丹。

"你们想搞分裂？"戈顿说。

"分裂？什么话，我们只不过想到别处去住。"

"你到底想怎么样，多尼范？"

"过自己的生活，一句话，不想听从布里安的命令。"

"我哪里做得不对？"布里安问。

"你做得很棒呀，你会有什么错误呢，你是个十全十美的人，以前的指挥官是美国人，现在的是法国人，下次是不是该麦克了？"

"你不要太过分了！"戈顿说道。

"我怎么过分，你们外国人当指挥官，也许不坏，不过令我们几个感到讨厌！"

"好！"布里安说，"你们想到哪里就到哪里去吧！"

"会的，我们明天就走。"

多尼范早就想离开布里安他们了。数周之前，布里安曾说过岛的东部有许多能住人的洞穴，多尼范计划到那里去住，先渡过6英里的湖，接着进入东河再走6英里。

第二天一大早，多尼范4人就出发了，他们乘小船度过了西兰河，向南沼进发。为了了解一下周围的情况，他们没有乘船渡湖，而是步行去的。天气很好，一天只能走五六英里，到傍晚5时，他们来到了湖的南端，决定先在这里过一夜。

第二天，4个人又准备出发了，多尼范看了看地图："从这里走7英里就能走出东河，大概到傍晚就能够到目的地了。"

"我们走近路不是更好吗？"威尔考库斯说。

"不，沼泽地对我们而言很陌生，不能走没有把握的道路。"

11时，多尼范他们在湖岔子吃完了午餐。环视东边，是一望无际的绿色森林，他们走进了这片森林。

6时，在部分湖水形成的河岸露宿，他们已经到了东河，在狭窄的小溪岸边，还有燃尽的火堆，这是布里安几人上次探查失望湾时第一夜宿泊之处。8个月前，布里安他们曾到过这里，多尼范万万没有料到今天他会到这里。

威尔考库斯等3人，从住宿条件良好的弗兰奇•丹来到这里，有些后悔了。但是，现在几个人的命运连在了一起，多尼范此时收敛起了他的傲慢，他太任性，不习惯听从布里安的命令。

第二天，多尼范说马上渡东河。

"我们还要花上一天的时间。"

他们把橡皮艇拖到了水里，河面很宽，他们朝对岸划去。他们这一天走得非常辛苦，森林茂密，地上布满杂草，还有泥泞，行走非常困难。

中午的时候，他们休息了一会儿。吃了午饭，再往前只走出两英里，后边便需要用斧子砍开道路了。这样很费时间，当他们走出森林时，已经是晚上7时了。

夜幕降临，对海岸的情况还不了解，于是只好先在这里露宿，他们想到了第二天就可以住进洞里去了，这令他们感到兴奋。

多尼范他们非常小心，一直到清晨才把火熄灭，夜里轮到多尼范值班，其他3人已经累坏了，倒地就睡。多尼范也很累，到了交班时间，大家都睡很得香，谁也没起来。

森林里一片寂静，没有什么危险，于是多尼范又往火堆里加了些树枝，自己躺在树下，立刻睡着了。第二天醒来的时候，已是海天一线，太阳升到了水平线上。

偶遇人迹

多尼范4人，反复辗转，终于第一次看到了大海。

"假如查曼岛离美洲大陆不太远，那么穿过麦哲伦海峡，向智利、秘鲁行驶的船，肯定是从东边通过的。我们住在失望湾，布里安的素质也太差了，取了这么一个恶劣的名字，肯定是他搞错了，他的意思我懂。"

多尼范夸夸其谈了一通，多半是为他从弗兰奇·丹出走进行辩解。

他举起望远镜就向水平线方向观望，这次要到东河河口去看看。布里安说得不错，这是个能抵御风浪的天然港湾，港湾的后面有森林，在视线之内，看到家庭湖向北延伸着，在海岸的花岗石之间，确实有很多洞穴，他们选了离东河岸边较近的一个。这个洞穴很宽敞，多尼范他们认为这里丝毫不逊色于弗兰奇·丹。

接下来，他们又对海岸进行了一番探查，捕鸟、捉鱼，还发现这里有大量的贝类。

布里安在对东河河口探查时，攀登上了一个大的圆形岩石，多尼范也对这块大岩石奇异的外形感到惊异，他给从这块岩石往下看到的港湾取了一个名字叫做熊岩湾。

午后，多尼范和威尔考库斯登上了熊岩石向港湾眺望，他们没能看到陆地和船，引起布里安注意的那个白点儿也没有看到，或许是太阳光斜射造成的，也许是布里安看错了！

傍晚时分多尼范4人在河岸树枝低垂、美丽的树丛下吃晚餐，然后搬运住进熊岩洞穴必需的物品，关于是否要立刻回到弗兰奇·丹取东西，几个人进行了商量。

"我个人的意见是，"威普说，"还是马上回去好，绕着湖的南边回去，需要好几天呢！"

"我们沿着来的路线走，先渡湖再到东河不也很好吗？"

"假如他们不借呢？"威普说。

"不借？谁？"多尼范道。

"还有谁，布里安。"

"布里安？他不借？"多尼范气呼呼地说，"那个小船不是他布里安的东西，要是他敢说不借……"

多尼范停住不再往下说了，依他的性子定是和布里安打一架。他说："在回去之前，我还想到岛的北侧去调查一下，用两天的时间，也许能发现伏德安没有找到的陆地呢！"

10月14日一大早，多尼范4人就向海岸北侧出发了。走了有3英里，发现森林和大海之间有很多岩石，海岸是不足百步宽的沙滩，他们来到没有岩石的地方，休息了一会儿，然后又吃了一点东西。

他们发现了一条河，这条河流到了大海里，看其源头并不是从湖里流出来的，像是从岛的北边流进来的。把它叫做河，其实它并不大，多尼范把它称作"北溪"。橡皮艇载着他们度过了北溪，继续前进。

这一带长着很多山毛榉树，多尼范又给这片树林命名为山毛榉林。到日落之前，走了有9英里，离岛的北侧还有9英里远。

第二天早晨，他们4人又早早地出发了，必须加紧赶路，天气似乎要变坏，风冷飕飕的，猛烈的风还能够对付，若是下暴雨就糟糕了，现在必须立刻停止探查，马上回到熊岩去。5时，天空中电闪雷鸣了起来。

多尼范等人没有被电闪雷鸣吓退，好不容易走到了目的地，几个人又都振作了起来，这里处处是山毛榉树，树下是一个很好的藏身之所。

8时，听到了波涛拍打岸声，海面上波涛汹涌。

浓雾散去的天空，变得越来越暗了，在天还没黑之前还要看看太平洋的这一带，虽然已经疲惫至极，但还是不停赶路，这里到底是无边的大海，还是海峡呢？

　　突然，走得比较快的威尔考库斯停了下来，他看到在沙滩上有黑影，并碰到了什么东西，难道说像鲸鱼一样的庞然大物也会被冲到岸上来吗？

　　岸边是一艘翻倒的船，船边躺着两个人。

　　多尼范他们先是吃惊地站住了，然后什么也没想就飞跑到这两个人面前——是死人的尸体吗？突然他们感到恐惧了，也许这两个人现在还活着，没等确认一下，他们就撒腿朝森林里逃去了。

　　天黑了下来，黑暗中，狂风的吼声与波浪击岸声混杂在一起。这是怎样的风暴！树枝被风暴撼动着，在树下十分危险，可是此时已经没有别的办法，风把沙子卷起，这里根本不能露宿。

　　多尼范他们4人整整一夜动也不敢动，他们不敢睡觉，虽然冷得要命，但却生不了火，风刮得更猛了，他们害怕地上堆积的枯叶引起火灾。

　　那艘小船是从什么地方来的呢？那两个遇难的人是哪个国家的人呢？附近有陆地吗？多尼范和威尔考库斯在风暴中，就今天的所见交谈了一下。

　　风平静下来，他们就侧耳倾听远处是否有叫喊声，他们更念念不忘的是沙滩上那两个遇难者是否还活着。这是不可能的！简直是神经过敏，他们为因恐惧而逃走而感到遗憾，他们此时非常想回去看个究竟，但是，在如此黑暗的夜幕之下，在如此猛烈的风暴之中，简直是寸步难行。

　　他们现在非常的疲劳，自从"斯拉乌吉号"遇难以来从没有看到其他人，或是像死尸一样被海浪冲到岸上的人类，这还是头一次看到，他们却因年幼无知而感到恐惧！

过了一会儿，心情平静下来之后，他们有一种必须去干点什么的意识，等到明天早晨，到海岸去，挖个坟墓，然后作祈祷，把那两个遇难者掩埋起来。

这一夜显得特别漫长！好像早晨永远也不会到来了似的，至少现在能看看表也好呀，但是风刮得太厉害了，用毛毡遮挡着风，火柴也燃不起来。

东边天空渐渐泛白，风仍然刮得很猛烈，海面乌云低垂，天气非常糟糕。少年们面对着海岸，逆风而行，他们走一段，停下来拥抱一下，这样才不会被大风刮走。

船横倒在低矮的沙山旁，令人吃惊的是，昨天晚上的那两个遇难者不见了。

"他们还活着？"威尔考库斯不禁脱口而出。

"不知道。"库劳斯说。

"有可能被潮水带走了！"多尼范回答。

他登上海边的岩石，用望远镜观察了起来。

但是多尼范什么也没有看到，可能是被冲到海里去了。

船是汽艇，前面有甲板，长约30英尺，左舷有个洞，破烂不堪，桅杆也被折断，还残留着被刮得破烂的船帆，船上什么东西都没有。

他们看了一下船尾，写着船名和船籍港的名字：圣弗兰西斯克，塞班号。

圣弗兰西斯克是美国加利福尼亚的港口，这是一艘美国船。

"塞班号"的遇难者却不见踪影。

转危为安

多尼范4人出走之后，弗兰奇·丹的其他少年们，整天都为他们担心。虽然这件事没有布里安的错，可是布里安认为这件事情跟他关系很大，他的心情比任何人都沉重。

戈顿轻声安慰道："他们会回来的，气候一变坏，多尼范他们就受不了了，他们回来是迟早的事情。"

布里安神情黯然，默默无语。

"气候会变坏，"这是戈顿说的，"那么还要在弗兰奇·丹度过第三个冬天吗？真的回不了家了吗？"

奥克兰丘顶的草环，高度只有200英尺，因此说只能从近处看到它，布里安又想了许多办法，想在更高处做标志。有一天，他和巴库斯塔就利用风筝一事交谈了一会儿。

"我们不缺材料和工具，要是做一个相当大的风筝，肯定会飞得很高——说不定能飞到1000英尺左右。"

"还是要看天气情况。"巴库斯塔说。

"没风的天气很少呀，"布里安回答，"用绳的一端拴住，肯定会成功的。"

"可以试试吧！"巴库斯塔说。

"白天，从60英里以外的远处就能看到这个风筝，晚上的时候，我们就要挂煤油灯了。"

大家都认为这个计划可以实施，尤其是低年级学生，还从没见到过如此巨大的风筝呢，他们感到特别新鲜、有趣。

"做个大大的风筝。"

"做个大耳朵的风筝。"

"要有翅膀的。"

"最好是一只小鸟。"

做风筝在孩子们中间引起了极大的轰动，虽然低年级学生把它当成了游戏，但是这确实是个严肃的计划。巴库斯塔、布里安立刻动手做风筝了。

"是不是岛上的任何地方都能看到它？"格内托问道。

"能看到它的地方多着呢，就是在远处海面上也能看到它。"

"真的是这样吗？"道尔问。

"不，那怎么可能呢，"布里安笑着回答，"总之，多尼范他们要是看到了风筝，我想他们会回来的。"

巴库斯塔设计了一个八角形状的风筝，用湖边生长着的结实的苇子茎做框，布里安把质地很轻的布伸开用松紧胶绳绑到框上，这种布不透风，做风筝最合适不过了。

这么大的风筝，用手根本举不起来，借助风力，它能把人都带起来，用帆船上原来的绞车把风筝线卷起来，道尔等人给这个风筝取名叫做"空中巨人"。

15日晚上，布里安他们才把风筝做好，布里安决定第二天午后，在大家都来观看时放风筝。

10月16日，试飞没能如期进行，那天正是多尼范他们遭遇风暴之日。

10月27日，风还是猛烈地刮着，午后风向变了，布里安希望10月18日的天气会好起来。

10月18日——在查曼岛的历史上，记载下了重要的内容。虽然人们认为星期五不吉利，布里安却不想因迷信而拖延14个小时，这一天，风不是很大，正是放风筝的好机会，在午前他们就把最后的准备工作做完了。

用过午饭，少年们都来到了运动场，1时30分，风筝躺在地上拖着长长的尾巴，只等升空飞翔了。就在这时，布里安突然把手停住了。

只见猎狗飞快地向森林里跑去，一边奔跑一边吼叫起来。

"有情况！"布里安说道。

"它发现了什么？"

"不，它叫声异常。"

"我们过去瞧瞧。"萨布斯说道。

"带上武器。"布里安说。

萨布斯和杰克立刻取来了手枪和步枪。

"走！"布里安走在前面。

3个人和戈顿一起，向洞穴跑去。他们没有发现猎狗的身影，但能听到它的吼叫声。

布里安几人只走出五六十米远，就看到狗在一棵树前停了下来，横倒在地的像是个人。是个女人！那个女人躺在地上一动不动，衣服还很完整，尽管看上去身体很健壮，但是面部表情却很痛苦。是一个中年妇女，像是因疲倦、饥饿而昏死过去的，布里安探了探她的鼻息，还有气息。

"她还没死，"戈顿叫道，"肯定是饿昏了……"

杰克立刻跑回洞穴，取来了一些食物。

布里安掰开那个女人的嘴，灌进去了一些白兰地，那女人动了动，眼睛睁开了一些，一看到是一群少年聚在她的周围，她大吃一惊，随后她接过杰克递过来的饼干，狼吞虎咽地吃了起来，她确实是饿昏了头。

那女人又动了一动，用英语说道："感……感谢……你们。"

30分钟后，布里安和巴库斯塔把那个女人抬回到洞穴的大厅，戈顿也在一边帮忙，尽力守护着她，那个女人刚刚恢复了一点体力，就讲述了她的身世。

她是美国人，一直生活在美国西部，名叫凯瑟琳•莱蒂，简称凯特，20多年来，她一直给纽约叫阿鲁巴尼•威利阿姆•彭法鲁顿家做佣人。

一个月前，彭法鲁顿夫妇，要到智利寻亲，来到了圣弗兰西斯科，乘上了商船"塞班号"，船长是肖恩•特纳，目的地是瓦尔帕拉依索，彭法鲁顿夫妇让凯特作陪一同前往。

这艘船新雇佣的8名船员中，有几个犯罪分子，出发的第十天，其中一个叫做沃尔斯顿的家伙，和其同伙布兰顿、劳克、亨利、布库、奥布斯、考普、帕依库一起秘密谋反，害死了船长和彭法鲁顿夫妇。

然后他们夺了船，想开船到南非去贩卖奴隶。

在船上帮助凯特活下来的只有两个人，一个是奥布斯，他没有他的同伙那么狠毒，凯特说她不想死，于是奥布斯就把她救了。还有一位伊范森，他是开船的，假如他不会开船，沃尔斯顿一伙是不会放过他的。

发生这件令人恐怖的事件是在10月7日晚上，"塞班号"从智利海岸开始大约行驶到了300英里的海域时发生的。沃尔斯命令伊范森向非洲的西海岸开去。

数日之后，不知道为什么，船起火了，沃尔斯顿一伙，没有把火扑灭，他们中的一个，为扑灭身上的火而跳到了海中被淹死了，其余的人把许多食品、武器搬到小船上，抛弃了大船。

小船在海上漂流着，两天后小船又遭遇了一场大风暴，15日晚上，漂到了查曼岛，5人被波涛卷走了，两人被冲到了沙滩上，昏倒在小船后面的是凯特。

凯特苏醒过来后，她不敢轻举妄动，她打算天亮之后，出去寻找救援，凌晨3时，周围响起了脚步声。

原来是沃尔斯顿、布兰顿、劳克3人，他们从大海里死里逃生了，他们把昏倒在地的奥布斯和帕依库弄醒，伊范森被考普和劳克看守着，他们讨论着下一步该怎么办？

"这是哪里？"劳克问。

"鬼才知道。"沃尔斯顿说。

"无论如何也得往东去，不能等到天亮！"

"枪支弹药呢？"奥布斯问。

"都还在。"

沃尔斯顿说着，从一个箱子里拿出了5支步枪以及一些弹药。

"那个凯特到哪里去了？"劳克问。

"那个该死的女人！"沃尔斯顿回答说，"掉到深海里淹死了！"

"她是个麻烦！"劳克说，"她要是活下来事情可就不妙了。"

沃尔斯顿他们的谈话她全听到了，她决心逃离："塞班号"

的这些船员，自己赶快逃命去。很快，沃尔斯顿一伙，架着奥布斯和帕依库，带着小船和行李，迅速离开了。

他们刚一走远，凯特就站了起来。又涨潮了，海面上波涛汹涌，凯特立刻向与沃尔斯顿相反的方向逃去。这就是当多尼范他们第二次来到海岸看不到人影的原因。

凯特跌跌撞撞一直向家庭湖北侧走来，16日午后，她半路上胡乱找了一些野果充饥，那天晚上及第二天午前她一直不停地走着，走着走着她因饥饿乏力而昏倒在树下。

凯特如此叙述了一番。少年们自从来到这个岛上，生活得很好，现在有7个恶人上岛了，如果他们发现了弗兰奇·丹，一定会来攻打的，抢走食物、武器，特别是修理小船的工具等，假如真是那样，这些最大不过15岁，最小才只有10岁的少年们所面临的危险真是太大了！

布里安听了凯特的话，首先想到的是多尼范4人现在的处境非常危险，只要发射一发子弹，沃尔斯顿他们就会发现的。

"必须赶快把多尼范他们找回来，"布里安说。

"不错你必须把他们找回来。"戈顿也说。

"现在恶人上了岛，我们必须团结。"

"不错，我去找他们。"

"你？布里安？"

"我去找他们回来！"

"就你一个人？"

"和麦克一起划船，渡过湖去，下到东河，相信在河口能看到多尼范他们。"

"现在就行动吗？"

"今天晚上，不能等天亮渡湖，可能会被发现。"

"我也去，哥哥。"杰克说。

"你不能去，大家一起回来就有6个人了，小船坐不下。"

如果多尼范他们回来，防守洞穴的力量就增强了。

必须马上取消放风筝的计划！要是被沃尔斯顿一伙看到风筝就坏了，把设在奥克兰丘的弗兰奇·丹的标记也撤下来。

回到大厅坐等天黑，凯特听了少年们讲述到查曼岛冒险的故事，她为他们的勇敢事迹感到高兴，她下决心留在岛上，照顾这些离家两年的可怜的孩子。

一切准备妥当，8时出发。从不惧怕危险的麦克，非常愿意和布里安一起行动。两个人带足了食物，他们没有忘记带上武器，乘上了小船，与众人告别之后，很快钻进了家庭湖的黑暗之中不见了。

夜里10时30分的时候，布里安碰了一下麦克的胳膊，在东河的右岸，数百米远，看到了若隐若现快要熄灭的火堆，是沃尔斯顿一伙，还是多尼范他们呢？这还不太清楚。

"下去瞧瞧。"布里安说。

"我也一起去吧？"麦克压低声音道。

"你先待在这里，以免被发现。"

小船靠了岸，布里安让麦克不要轻举妄动，他跳上了岸，手里拿着短刀，腰间还挂着手枪，跟歹人打交道，手枪可不能少。

勇敢的布里安独自一人进到森林里，突然他停住了，借着燃剩下的柴火，他看到草丛中有东西在动，紧接着响起了令人毛骨悚然的吼叫，不一会儿，一只豹闪身而出。

这时布里安听到了"救命！救命！"的呼救声，是多尼范！

被豹扑倒在地的多尼范，身体痛苦地扭动着，无法用上武器。

就在这个紧急时刻，威尔考库斯跑了过来，瞄准了豹，就要扣动扳机。

"不要开枪！不要开枪！"布里安喊道。

这么一喊，豹又把布里安作为目标扑了过来，多尼范慌忙从地上爬了起来。布里安迅速拔出短刀挺身迎击，豹闪到了一旁，没能刺中，豹转身又扑了上来，把布里安的肩膀抓伤后逃走了。

"怎么会是你？"威尔考库斯惊问道。

"现在还不是说话的时候，"布里安说，"我刚刚赶到。"

"布里安，感谢你，多亏你救了我！"

"别这么说，没什么的。"

布里安只是被豹抓破了皮，但仍有必要包扎一下，在威尔考库斯用绷带给布里安包扎时，布里安讲了到此的缘由。

多尼范想到另外几个被海浪冲上来的人，肯定是没有死，他们若是坏人，肯定会在岛上引起骚乱的。刚才怕开枪引起沃尔斯顿一伙的注意，因此布里安喊道"别开枪。"

"嘿！布里安，你的确很伟大！"多尼范感激地说道。

"你不要这样夸奖我，"布里安回答说，"直到你答应一起回到弗兰奇·丹去，我才松开这只手。"

"好，没有任何意见，"多尼范说，"一定回去，从今以后，一切听从你的指挥，明天一早出发！"

"不，现在马上走！"布里安回答说，"要是他们发现我们，那可就麻烦了！"

"回去可不能没有船呀？"库劳斯问。

"麦克和小船在那边河岸上等着呢，我们一定能回去的。"

"对，我们一定能安全回去的。"多尼范不停地说。

多尼范4人，为什么没在东河的河口，而到这里露宿了呢？这里面有原因。

16日傍晚多尼范4个人回到了熊岩，第二天早晨沿着东河左岸逆流而上，一直到了湖边，决定在这里过上一夜，打算回到弗兰奇·丹去。

天亮之后，布里安他们乘上了船，6个人超载，一切都要小心。因为是顺风而行，且麦克撑船稳妥，所以平安渡过湖去，当他们凌晨4时的时候登上西兰河的河堤时，大家都很高兴。

空中侦察

多尼范他们又重新回来了，在这之前又新加入了亲切的凯特，现在大家团结一心。多尼范虽然嘴上没说，但是心里却认识到因为自己的任性，做了很多愚蠢的事情，可是由于布里安待他们这么亲切，他从心里改变了对布里安的看法。

现在弗兰奇·丹的少年们的处境很危险，很明显，沃尔斯顿一伙是想尽快离开查曼岛的，如果他们知道还有15名少年在这里，并且拥有大量他们想要的东西，他们一定不会错过这个机会的，所以严防很重要。

首先是沃尔斯顿一伙有没有发现多尼范他们，"这不用担心，"多尼范说，"在我们回到森林时，沃尔斯顿一伙肯定是到海岸去了，我看到在失望湾的上面有许多湖岔子，那里可能就是他们的藏身之所，并且，这个岛位于什么地方，凯特可能知道。"

戈顿和布里安询问了凯特，但是，事实上凯特并不清楚，"塞班号"失火之后，开船的伊范森，尽可能让小船靠近美洲大陆，这表明，查曼岛离美洲并不太远。

　　10天很快就过去了，沃尔斯顿一伙并没有在西兰河四周出现，他们修理好小船走了吗？据凯特说，他们带着斧子，还有船员用的小刀，具有这些工具应该能把船修好。

　　虽然情况还不是很清楚，但他们肯定不会到远处去，巴库斯塔和多尼范赶到奥克兰丘，把挂有弗兰奇•丹标志的桅杆搬倒。

　　这期间，凯特给予了少年们无微不至的关怀。

　　在沼泽地旁边的森林，生长着很多五六十英尺高的树，因为从来没有砍伐过，所以生长得极其茂密，它不适合作烧柴用。

　　10月25日，凯特刚一看到这种树就叫了起来：

　　"上帝保佑，这是牛的树呀！"

　　道尔和科斯塔听了笑了起来："什么叫牛的树？"

　　"专门给牛吃的树？"

　　"不是，"凯特说，"这种树能流出汁液来，是比'比克尼亚'的奶水还要好的乳液。"

　　凯特回到了洞穴，马上把刚才的发现说给大家听，戈顿叫上萨布斯，和凯特一起到沼泽边上的森林里去看看，这是在美洲丛林大量生长的植物。

　　这是个重大发现！割开这种树的表皮，马上就会流出像乳汁一样的东西来，其营养价值与牛乳相同，把它凝固了，能制成上等的奶酪，还能制作成蜡烛。大家都很高兴。

　　戈顿把树皮割开，果然，马上就有一些白嫩嫩的汁液流出来，凯特端着罐子接着。

这样在查曼岛，生活必需品更加充足了，大家很感谢凯特。到了11月初，弗兰奇·丹依然平安无事，布里安断定沃尔斯顿一伙，仍然在岛上。

一天晚上，凯特说："布里安少爷，我明天想外出一下。"

"你要出去？"

"我一直都很担心，现在还不能确定沃尔斯顿一伙是否还在岛上，我想到那个海岸去看看，假如小船还在，证明他们仍在岛上；如果小船没了，那他们一定走了。"

"那么，"多尼范回答说，"这正是我们想做的事呀！"

"假如被那些坏蛋发现了，可就麻烦了。"布里安说。

"上次我都逃出来了，我对弗兰奇·丹的道路很了解，更容易逃脱，如果能带伊范森逃出来，对你们也许会更有用。"

"不错。"布里安回答说，"但是我们不能让你去冒那样的险，我们再想想其他的办法吧！"

要是沃尔斯顿一伙仍在岛上，晚上肯定会生火的，只要登到高处，就能看见。布里安满脑子都在琢磨，可是岛上最高的悬崖不过200英尺高。多尼范他们几个，几次到奥克兰丘顶上去观察，但就是看不到家庭湖的对岸，只能看到失望湾的岩石，要是能登到更高的地方就好了。

布里安的脑海里闪出了一个念头，当初，他认为这个念头有些荒谬，但是他一直没有打消这个念头。

他想到了利用风筝。凯特的到来，让他们意识到了形势对他非常不利，试飞风筝的计划也暂停了，若能利用风筝，到空中侦察就可以实现了。

布里安觉得这个想法可行性很大。他想起以前在报纸上看到过18世纪末，曾有一位妇人试验用风筝吊在空中飞行的事，妇人做过的事，布里安觉得自己也能做，不存在任何危险，若是能成功，那当然好，做好周密计划，还是能够成功的。

11月4日晚上，布里安召集了戈顿等人，把自己的大胆计划说了。

"用风筝？"威尔考库斯吃了一惊。

"在白天？"巴库斯塔也是吃惊不小。

"不，白天可能会被沃尔斯顿他们发现的。那就前功尽弃了，只有在夜里……"

"但是如果在风筝上亮灯，还是不太安全可靠。"多尼范说。

"因此不能用灯。"

布里安一边对他们这些担心感到好笑，一边把自己的计划简要地说了一下。听完了布里安的计划，没有人笑出来，只有戈顿一人对布里安的认真劲儿有点疑问，其他人表示赞成这个计划。

"可是，"多尼范提醒说，"你制造的这个风筝，能不能载动人呀？"

"不错，"布里安说，"因此需要做一个更大、更结实的。"

"能飞多高？"巴库斯塔说。

"假如能飞到六七百英尺高，那么在岛上任何地方有火光，都能看清。"

"对，做吧！"萨布斯嚷道，"现在，马上！坐以待毙可不是一个办法。"

"好久没有自由自在地出去一次了！"威尔考库斯说。

"好久没有打猎去了！"这是多尼范。

"那我们明天就做吧！"布里安回答。

戈顿等只有他和布里安时说："你考虑好了没有？"他问。

"考虑好了！"

"很危险呀！"

"不会有事的。"

"谁乘风筝去呢？"

"我自己。"

"你不改变一下吗？"

"就这样决定了。"说着，布里安拥抱了戈顿一下。

发现敌情

第二天一大早，布里安和巴库斯塔就做起风筝来了，在这之前，风筝的载重量，已经计算好了，大致是110磅。

不用等到晚上，试验也能进行，布里安设想，假如把风筝挂在不太高的地方，在湖的东侧看不见它就行。风筝放飞试验很成功，以前制作的那个风筝，在风力不是很大的情况下也能带起20磅重的袋子。

根据这个来计算，再制作一个大风筝，假如布里安或巴库斯塔对物理学知道得更多，那就更好了。

他们费尽心思，精心制作，终于做成了一个面积为七八十平方米，八角形的能载重一百二三十磅的大风筝。这只大风筝耗时整整3天，从5日早晨开始到7日午后结束，7日傍晚开始进行试验。

这几天，四周依然很平静，少年们曾登上悬崖长时间观望，没有发现可疑之处，也没听到一声枪响，也没看到有烟火痕迹。

那么是这伙坏蛋离开查曼岛了吗？如果利用风筝去侦察，这一切都能弄明白的。

还有一个重要的问题，乘坐者要从风筝上下来时，怎样发出信号呢？

正当多尼范和戈顿正在想办法时，布里安说道："用灯发信号不行，这样不安全，我想出了一个办法，在风筝上再拴一根与风筝线相同长度的细绳，在细绳上拴个铅环，想要降落时，先放下铅环。"

"这个办法挺好。"多尼范称赞说。

马上就要进行试验了。月亮在2时前不会出来，微风徐徐吹来，正是放飞的好机会！

9时，天完全黑了下来，没有星星的天空，只有云彩在飘动着，风筝挂在多高的空中，别人也看不到。在运动场正中，摆放着"斯拉乌吉号"的绞车，布里安往乘坐的筐子里装入了一袋130磅的土。

多尼范等3人，站到放置在离绞车百步远的风筝旁边，布里安一喊"开始"，就拽绳子让风筝飞起来，布里安、戈顿、萨布斯、库劳斯、格内托，4人负责放松绞车的绳索，这样就能够让风筝飞起来。

"准备好了吗！"布里安叫道。

"早就准备好了。"多尼范回答。

"开始！"

风筝渐渐飞了起来，风吹得它摇动着。

放长绞车里的绳索，一会儿，风筝和吊筐便迅速地升向高空，大风筝离开地面时，响起了孩子们高呼"万岁"的喊声，但是这喊声立刻又在黑暗中消失了，低年级的孩子们连大声呼喊都不敢了，太令他们难受了！

凯特走过来安慰他们："你们不要难过！如果岛上坏蛋不存在了，在白天也能放风筝，而且，想叫多大声就叫多大声！"

布里安在地面上看不到风筝了，只能摸着绳索用手感觉到高处有风，证明风筝能够保持平衡。

试验结束了，开始往回收风筝线了，收起200英尺的风筝线可费时间了，风仍是静静的，试验完全成功了。可以回洞穴去了，大家等着布里安命令，但是布里安一直沉默不语，他在思考着问题。

"回去吧，时候不早了。"戈顿说。

"先别急，"布里安回答说，"戈顿、多尼范，等一等，有事要商量。"

"有什么事情？"多尼范说。

"放飞很成功，"布里安继续说着，"现在的自然条件很好，风很平稳。明天天气怎样就说不准了，最好别把侦察推迟到明天。"

确实如此。谁也没有答应布里安刚才的提议，这可是冒险的事，大家自然就踌躇不定了。

布里安问道："谁愿意去？"

"我！"杰克立刻站了出来。

几乎同时："让我去！"多尼范、巴库斯塔、威尔考库斯、库劳斯、萨布斯也叫道，然后是短暂的沉默。

是杰克最先打破了沉默："哥哥，为大家做事是我的义务，我最先提出来的，我必须去！"

"别争了，让我去！"多尼范坚决地说。

"还是让我去吧！"巴库斯塔也说。

"做这件事情是我的责任！"杰克回答。

"责任？"戈顿吃惊不小。

"不错！"

戈顿想要问清楚这句话的意思，布里安一下子抓住了他的手，布里安的手颤抖着，虽然在暗处看不见，但戈顿想布里安的脸色一定发青，心里肯定很紧张。

"哎，哥哥！"杰克用完全不像孩子的口气说。

"布里安，你怎么不说话呀！"多尼范说，"杰克说他是为了大家，难道我们就没有为大家效力的权利了吗？杰克到底干了什么？"

"我做的事……"杰克说，"一人做事一人当！"

"你别乱说话！"布里安喊着不让弟弟说出来。

"不！"杰克情绪激动，抑制不住继续说，"我说！我再也不想隐瞒了！戈顿、多尼范，你们之所以到了这里……与父母亲人分离……身陷在这个孤岛上……这都是……都是我一个人的错，让'斯拉乌吉号'离港漂流到海上，是我……一不小心，不！是我恶作剧……把拴在奥克兰港口的缆绳……给解开了……我是想闹着玩的，当船真的漂走时我惊慌了……在还来得及挽救时，我没有告诉大家……一个小时过去了，在夜里……在海面上……啊！请你们惩罚我吧！"

说着，杰克哭了起来，凯特尽力安慰他，可是毫无用处。

"好吧，杰克！"这时布里安说，"你把自己做的错事已经说了，你敢不敢冒这个险赎你的罪？"

"布里安你太不讲道理吧？"多尼范嚷道，"为了我们，杰克不是已经多次冒险吗？布里安，我终于明白了，为什么一有危险情况，总是你和杰克挺身而出！杰克，你不要自责了，我们都已经原谅你了。"

大家都围住杰克，安慰他，杰克抽泣着，胸脯剧烈地起伏着。

"让我去吧，哥哥。"

"好，我支持你！"布里安这么说着，抱住了弟弟。

多尼范他们几次阻止都不成，杰克下定决心要上去，他与大家分别握手，要进到吊筐里去时，回头又望了望布里安。

布里安此时站在卷锚绞车的后面，他一句话也没有说。

"来帮个忙，抱我上去！"杰克说。

"哎，我抱！"布里安激动地说，"不，让我去！"

"哥哥？"杰克嚷道。

"布里安？你？"多尼范和萨布斯不停地问。

"不错，我上。杰克的罪过，让我来补偿吧！从设计这个计划时我就考虑了，我是最合适的。"

"哥哥，我最合适的呀！"杰克还在喊着。

"你别动！"

"好得很，"多尼范说，"我要上。"

"不！"布里安坚决不同意，"我上！就这么定了。"

"好吧，布里安！"戈顿拥抱了一下布里安。

布里安进到吊筐里面，他很自信，神情镇定，随后他发出了起飞的信号。

"空中巨人"渐渐消失在黑暗中，大家看着风筝渐渐消失在夜空中。当风筝在空中飘动时，布里安心情十分紧张，曾出现过奇怪的猛鸟，还有巨大的蝙蝠振动着翅膀，像是要追随风筝一起飞行似的，但是布里安很有胆量，终于以惊人的镇定战胜了恐惧。

风筝离开地面已经有很长一段时间了，布里安感到它稍稍有些颤动，达到这种高度已经不会再升高了，现在的高度是600英尺到700英尺之间。

布里安表现得非常镇定，用左手把着吊筐，右手拿着望远镜。往下看，地面是漆黑一片，湖泊、森林、悬崖，也是漆黑一片，伸手不见五指，可是向岛的海岸那边看去，大海四周的情形却迥然不同。

假如在白天，肯定能看清近处是否有别的岛屿或大陆。南、北、西三面漆黑得很，东面天空中有一小块晴天，星星闪着光亮，在那个方位有很强的光亮，布里安立刻注意到了。

"那是火光吗？"他想，"是沃尔斯顿一伙在那里露宿吗？那里似乎离岛很远，还在岛的对面；东部有陆地，是火山爆发的光吗？"

他又回想起了以前对失望湾进行探查时，看到的那个发白的点儿。

"啊！是那个方位，是冰河的反射吧？不管怎么样，在查曼岛的东侧一定有陆地。"

就在这时，又有一处光亮引起了布里安的注意，在家庭湖东侧，仅五六英里以外的地方，森林里的光亮。

"是在森林里，紧挨着湖岸。"

是沃尔斯顿一伙在熊岩近处露宿！这伙杀人恶魔依然在岛上！弗兰奇·丹面临着严重的危险！

布里安觉得应该迅速结束侦察，在空中停留久了可不好，风也逐渐变强了，吊筐开始剧烈晃动，在这时着陆已经十分困难了。

他动了动发信号的细绳，绳绷得紧紧的，布里安把铅环放了下去，立刻风筝的线开始收短了。

戈顿他们一直在等待布里安发出下降信号，布里安觉得在空中只不过停留了短短的20分钟，可是地面上的人们觉得好像等了很久似的。

多尼范他们精神振奋，摇起绞车的摇把，摇得很吃力，强风来了，在接到了布里安的信号之后，又过去了大半个小时，风筝才降到了离湖面100英尺左右的空中。

突然，风筝线猛烈地晃动起来，多尼范他们差点被晃倒在地上，最后风筝线被挣断了。

"布里安！布里安！"

地面是一片惊恐的喊叫声，大家都在呼唤布里安。

几分钟后，布里安出现在沙滩上。

"哥哥！哥哥！"杰克跑上去，叫喊着最先把哥哥抱住了。

"沃尔斯顿他们还没有离开！"

布里安一着地就说出这句话。风筝线被挣断后，布里安不是垂直摔下，而是斜歪着缓慢地从空中落了下来，由于风筝具有降落伞一样的性能，也幸好布里安擅长游泳，因此游过离湖岸四五百英尺的距离对他来说一点都不困难。卸掉了载重的风筝，像空中的碎片一样随风而逝，在东北方向消失了。

旧友得救

由于昨晚异常惊险以及劳累，少年们早晨一直睡到很晚才醒，戈顿几个人，起床后马上到仓库去商量事情。

沃尔斯顿及其同伙来到岛上已经半个多月了，他们没能把船修好，那肯定是缺少修船的工具。

"肯定是这么回事，"多尼范说，"那艘小船破了，不通过修理是用不了的，即使是'斯拉乌吉号'，坏到了那种程度，也必须修理修理才能下水！"

沃尔斯顿也许没打算在查曼岛落脚，假如有这种打算，肯定一开始就要到岛的腹地来袭击弗兰奇•丹。

布里安说在空中看到查曼岛的东部似乎有陆地。

"你们还记得吧，上次探查东河回来时，我说过在水平线上见到过发白的小点儿……"

"周围有大陆、岛屿又能说明什么？现在为什么要提到这些呢？"多尼范不解地问。

"是这样，"布里安回答说，"昨天晚上我往东部看时，我看到岛的对面有光亮，肯定不是火山喷火，'塞斑号'的船员们对此一定很清楚，他们为了能去那里，什么残忍的事情都会做。"

布里安所说的这些话都很重要，这么说这个岛并非是孤岛。

糟糕的是，沃尔斯顿一伙要在东河附近逆流而上，绕湖往东去，弗兰奇•丹迟早都会被他们发现的。

布里安决定从现在开始进行严密警戒，不能随便外出，而且活动范围只能在近处，巴库斯塔把家畜棚及陷阱的两个入口用树枝杂草隐蔽了起来。

更令戈顿他们揪心的事情发生了。科斯塔发烧了，非常严重，随时都有生命危险，戈顿对此非常担忧，把船上仅有的药让科斯塔喝了下去，幸好有凯特像母亲一样悉心地照料着，科斯塔的烧终于退了，科斯塔又重新恢复了健康。如果没有凯特，科斯塔是无法战胜病痛的。

11月上旬，多雨。17日，天气转晴，气温上升，花草树木碧绿茂盛，花也盛开了，南沼又有大批的鸟飞来了，多尼范、威尔考库斯非常想去狩猎。

一天，威尔考库斯在附近下套绳时发现了一只候鸟，原来是在翅膀下拴着小口袋的燕子，但是小口袋里空空如也。

这段时间弗兰奇•丹平安无事，再过4个月，鸟儿又要飞走去度过第三个冬天了。

除了戈顿之外，大家都感到颓丧，尤其是布里安，他总是担心其他人的安全，尽管如此，他还是让大家静下心来继续学习，他自己也渐渐恢复了往日的状态。

11月21日下午2时的时候，多尼范到家庭湖去钓鱼，附近不知是什么鸟，长得像乌鸦，有20多只，叫声令人格外烦躁，引起了多尼范的注意，那群鸟慢慢地飞落到地上。

多尼范想，那边地下该不会有动物的尸骸吧，他飞快赶回洞穴，让麦克和他一起乘小船向西兰河对岸划去。

两个人靠了岸，钻到了草丛中，那群鸟见有人来了，立刻振翅飞走了。

地上躺着一只小驼羊的尸体，看样子死去不过几个小时，身体还有一点热。小驼羊身上现在只剩下了鸟的饵食了，其他什么都没有了。看到这些多尼范想立刻回去，但是有一个疑问令他想不明白，为什么这只驼羊会死在这里呢？

多尼范又仔细地查看了一下死驼羊，只见它斜侧腹部有伤，还有血，伤口不像是其他野兽撕咬所致。

"枪伤！"多尼范说。

"瞧，这是子弹！"麦克说着用小刀把子弹从伤口中取了出来，可以肯定这是沃尔斯顿一伙干的。

他们两人立刻赶回了洞穴，与大家进行了商量，小驼羊被杀死，至多不超过五六个小时，如果真是这样的话，沃尔斯顿一伙肯定就在附近，每个人都必须万分小心。

没过几天，又发生了更加严重的事件。

11月24日9时，布里安和戈顿到西兰河的对岸去，准备在小道上设置一个哨点，两人过河上岸没走多远，布里安就踩到了什么东西，因为走得比较急，他并没有在意，走在后面的戈顿却停下来说："停一停，布里安！"

"发生了什么事？"

戈顿捡起了一块刚才被布里安踩碎的东西说："你瞧！"

"这不是贝壳吗？"布里安说。

"不，是烟斗！"

"难道是伏德安的遗物？"

不对！要是几十年前死去的人的东西，是没有这么新的，能看到烟嘴里还残留有一些烟，是新掉到地上的，所以肯定是沃尔斯顿一伙的，最近这几天他一定来过这里。

两个人返回洞穴，马上把烟斗给凯特看了，凯特吓了一跳，她说这是沃尔斯顿的。

尽管凯特没说什么，但她担心少年们不是这伙坏蛋的对手，如果有那个勇敢的伊范森在，他们肯定占不到便宜！凯特暗自想着。

11月27日，两天前，天气开始变得闷热起来，乌云在天上飞掩着，远处传来了"隆隆"的雷声，预示着一场风暴即将到来。晚上，他们比平时更早把门关好，大家都聚集在大厅里。

9时30分，大风暴终于来到了，闪电从门缝里钻进来，把大厅照得通明，接连不断的雷声，像要把奥克兰丘震倒。

年龄小一点的孩子害怕得趴在床上，听着雷声"轰轰"炸响。布里安不时地站起来把窗户掀开一个小细缝，往外边看着。

深夜12时的时候，风暴渐渐平静了下来，雷声也远了，风吹开了云彩，又下起大雨来。年龄小一点的孩子，到这时才长出了一口气，把头从毛毡下面露出来，布里安几个人也上床躺下了。

这时，猎狗忽然跳起来，跑到门边，开始低声叫起来。

"猎狗发现了什么？"多尼范警惕地说。

"猎狗这样比较反常，一定是有情况。"巴库斯塔说。

"有必要再细心检查一下。"戈顿说。

"对！"布里安也提醒说，"小心，注意安全。"

他们拿上了武器，多尼范和麦克分别跑到了大厅、仓库门前，把耳朵贴到了门上细听，外边什么声音也没有，但是猎狗依然在低声叫着。

突然从外边传来一声枪响，好像离这里没有多远，多尼范几个人把子弹推上了膛，要是这时有人闯进来就立即开枪，就在这时，从门外边传来了呼救声："快救救我！"

肯定是个面临死亡危险的人。

"快来救我！"喊声更近了。

在门边侧耳倾听的凯特这时低声说道："是他！"

"谁？"布里安忙问。

"开门！去救他！"凯特说。

门一打开，从外面闯进一个被雨淋得湿透的男人。这个人凯特认识，他就是伊范森。

消除迷惑

伊范森的出现出乎大家的意料，戈顿他们被惊呆了。

伊范森的年纪大概是30岁左右，魁梧健壮，由于自从"塞班号"出事以来，一直没有刮胡子，因此满脸是胡髯。伊范森转身进入了室内，立刻把门关严，把耳朵贴到了门上听着。

直到外边没有什么动静后，他才进到了大厅中间，借着煤油灯的灯光，看到了少年们，他嘴里叨咕说："喔！原来是些孩子们！全是孩子！"

忽然，他的眼里放射出了喜悦的光芒，向前走了几步。

凯特也走向了他。

"凯特！你没事吗？"他说着高兴地抓住了凯特的手。

"我没事，伊范森！"凯特回答说。伊范森数了数在桌边的少年们："有15个人，能打仗的有五六人，还不错！"

"沃尔斯顿他们会打过来吗，伊范森先生？"布里安问。

"他们迟早都会来的。"伊范森回答。

少年们有很多问题都急着要问伊范森，可是伊范森必须先把湿衣服换下来，还有，他已经饿坏了。

15分钟之后，恢复了精神的伊范森，讲述了沃尔斯顿那一伙坏蛋的有关情况。"巨浪把小船打翻后被冲到海岸上，我们6人被抛到了岩石上，但没受伤，后来我们跑到了海浪冲不到的地方，都认为凯特被波浪卷走了。"

"我们几个，"多尼范说，"在你们小船遇难的那个晚上，到过你们遇难的那个海岸，还看到两个人倒在那里，等我们第二天早晨再去看时，那两个人已不见了踪影。"

"不错，那天的情形就是这样，"伊范森接着说，"那两个人是奥布斯和帕依库，被沃尔斯顿发现后救了起来，然后，大家往东去了，劳克这家伙说没有看到凯特，沃尔斯顿说，'那她肯定被大海吞没了！'，我担心他们会觉得我没有用了，把我也杀了，当天晚上，我们露宿林中。第二天早晨想开始修理小船，但是工具不全，修不好，于是想到岛上找个好地方，从海岸走出了10英里，一直走到了小河口那里……"

"那是东河。"萨布斯说。

"沃尔斯顿他们，把小船拖到了河口的港湾，要是能弄到工具，就在小河口修理，一个偶然的机会，沃尔斯顿发现这个岛上有人居住。"

“他是怎么发现的呢？”戈顿问。

“一周之前，由沃尔斯顿领队，对岛进行调查，走了有三四小时，来到了一个大湖边，发现了一个绑着布的坏框子样的东西……”

“哦！那是我们放弃的风筝！”多尼范和布里安说。

“沃尔斯顿他们虽然不知道那是什么东西，不过能肯定是人类制造的，沃尔斯顿想知道是些什么人住在这里，从那时起，我就有了逃走的决心，我当时想，岛上住的肯定是一些野人，野蛮得很，不过跟蛮野人在一起，也比跟他们强得多。”

“你又是怎么知道这个洞穴的呢？”巴库斯塔问道。

“沃尔斯顿急于找到岛上的居民，每天都很急躁，11月23日晚上，其中一个家伙来到了湖的南岸，发现从这个门口透出了光亮，第二天沃尔斯顿亲自来到了这里，将自己藏身在草丛中窥视。”

“这些我们都清楚。”布里安说。

“你们怎么清楚？”

“我们发现了掉在地上的烟斗，拿给凯特看了，证实是沃尔斯顿的。”

“这就对了！特别是沃尔斯顿看到了你们都是些孩子……”

“随后你就逃跑了吗？”凯特说。

“是的，12小时之前，沃尔斯顿他们外出了，看守我的是劳克和奥布斯，早晨10时前后，我抓个机会就向森林逃去，他们发觉后立刻带着武器猛追了上来，我只靠一把水手刀和自己的脚，其他没有能帮我的。

“那天我跑了有15英里的路，恶魔在身后追着并开了枪，有几次子弹差点打中我了，恰好这时起风暴了，夜里电闪雷鸣，他们看不清我。走到那个河边时，我想只要我过了河就安全了。我拼命跑到了河边，刚要渡过去，那两个人也赶到了，他们开枪打我……

"我立刻扎入河里去了，拼命游到了对岸，藏到了树丛里，两个家伙在那边岸上还说：'他死定了吧！'

"'中弹还不死？'

"'肯定死了。'

"接着他们就回去了，过了一会儿，我从草丛中出来，往这边走，听到了狗叫，我就开始喊，洞穴的门开了，把我救了。现在我们必须团结一致，共同对付那些恶魔！"

少年们也向伊范森讲述了他们奇特的遭遇。

戈顿说："如果把修船工具借给沃尔斯顿一伙，他们不会再为难我们了吧？"

伊范森极力反对："沃尔斯顿是杀人恶魔，如果那么做，这帮家伙会抢去你们所有的东西，说不定还会杀人灭口呢！"

少年们都觉得伊范森说得有道理。

"还有，假如他们修好船开走了，那么你们乘什么船离开这个岛呢？"

"这么说，"戈顿询问道，"按你的意思，我们还可以利用'塞班号'小船回去？"

"不错！"

"穿过太平洋，就能到达新西兰了吗？"多尼范说。

"不，"伊范森说，"先到离这里最近的港口去，在那里等待回奥克兰的机会。"

少年们连声追问："真的能回去吗？"

"要不了多久，就能到达港口，"伊范森说，"这个岛的西边是大海，其他三面都是海峡，60个小时就能很轻松地渡过去。"

"那么，"布里安不解地说道，"我看到的发白的点儿和光……"

"那是冰河和火山。你们认为这个岛是什么呢？"

"是一座孤岛！"

"是个岛，但不是孤岛，它是南美洲海岸群岛中的一个，你们把这个岛叫做什么呢？"

"我们都把它叫做查曼岛。"多尼范回答。

"查曼岛？以前这个岛叫巴奴洼岛。"

同往常一样施行了警戒，然后大家都休息了，他们满怀着对战斗的恐惧不安和能回到故乡的希望睡着了。

智取敌探

太平洋岸的罗斯•皮拉雷斯海角与大西洋岸的维尔京海角之间，有长约380英里的海峡。1520年，被葡萄牙著名航海家麦哲伦发现，这片海峡便被称为麦哲伦海峡。

第二天，伊范森拿出了斯蒂拉的地图向少年们作了详细的说明。

"喂，看看！这个位于南纬51度的岛，就是巴奴洼岛，你们真了不起，在这里住了20多个月。"

"这里肯定离智利很近！"戈顿说。

"是，"伊范森说，"但是，我们千辛万苦找到南美大陆，要到智利、阿根廷的村落，必须走上几百英里，另外，阿根廷大草原的印第安人很危险的，因此我们先在这里稳住不动，再想最安全有效的办法。"

关于离开这个岛提到了少年们的议事日程，戈顿向伊范森进行了询问，如果把"塞班号"上的小船修好了，应该从哪个方向出发好呢？

"东边、北边都行不通，"伊范森说，"如果风向对头，穿过海峡驶向智利的港口，我们就成功了。"

总而言之，只剩下弄到"塞班号"的小船了，一定要把沃尔斯顿这伙坏蛋铲除掉。

几天又过去了，一直都平安无事，伊范森考虑沃尔斯顿不会采用武力，肯定要用计谋夺取弗兰奇•丹，他把少年们召集到一起说："沃尔斯顿他们一直都认为凯特和我都已经死了，认为你们对这些还什么都不知道呢，或许他们中的哪一个会假扮成船遇难了，到这里来求援。"

"那我们可不能让他们得逞。"戈顿说。

第二天午前一切平安，到傍晚太阳快要下山时，威普和威尔考库斯从悬崖边急急忙忙跑了回来，说有两个男人从河对面的旁侧一直朝这边走来。

凯特和伊范森，马上隐藏到仓库里，从枪眼往外看，原来是奥布斯和劳克。

"我们该怎么做？"布里安问。

"迎接他们进来。"伊范森说。

凯特和伊范森，藏身在走廊的背阴下。

戈顿、布里安、多尼范、巴库斯塔4人，迅速来到了西兰河畔。一看到有4个少年走过来，两个男人显得很吃惊，他们说："我们是遇难者，我们的船翻了。"

"就你们两个人吗？"

"其他人都死了，只有我们两个人活了下来，我们又累又饿，帮帮我们……"

"太不幸了！"戈顿说，"到我们的洞穴去吧！"

劳克长相十分凶恶，前额狭窄，后脑勺突出，下巴向前伸着，奥布斯长相一般。两个人一进到洞穴，就贼溜溜地四下打量着，少年们问他们问题，他们借口说累坏了，要休息。

戈顿把他俩领到了仓库，9时的时候，两个人像是睡着了，布里安他们全都集中到大厅里，凯特和伊范森也把走廊的门关紧走过来。伊范森说："一切都准备好了！"

刚过去两小时，仓库里就传出了"嘀嘀咕咕"的说话声，往里边悄悄一看，只见两个人正拼命往门口这边钻，他们把堆在门口的大石头挪开，堆到右边，洞穴立刻显现出一个小洞来。

就在劳克拽开门栓，要把门打开之时，被人打倒在地上。

"伊范森！伊范森还没有死！"劳克叫道。

"别让他们跑了。"伊范森命令说，这时布里安他们也赶到仓库，先把奥布斯按住，不让他逃走。劳克慌忙抽出短刀，向伊范森刺去，但没有伤着伊范森。然后他仓皇夺路，从同伙站着的门口跳出去，跑出去不到10步，就响起了枪声，是伊范森瞄准向他开枪了，但是没有打中，让他逃了。

"不好！"伊范森叫着，"还剩一个，杀了他！"

"你们饶我一命吧！"奥布斯连声哀求着。

"请饶他一命吧！"凯特说，"他救过我的命。"

"好吧！"伊范森说，"先饶你不死！"

奥布斯被捆得死死的，暂时押到了走廊的一角。

他们把仓库的门关得很紧，用石头堵好，一直到第二天早晨都进行着警戒。

殊死搏斗

第二天早晨，由于一夜都没有睡，大家都很疲惫，但是没有一个人想要休息。伊范森、布里安、多尼范、戈顿4人小心地来到外面。四周都很平静，动物们像平时一样，在栅栏里面转来转去。

伊范森首先去寻找脚印。从洞穴附近被乱踏一气的情形看，沃尔斯顿他们一伙似乎来过这里，因为没有血迹，看来伊范森那一枪没有打中劳克。

沃尔斯顿究竟是从哪里来的呢？如果从北面来的，劳克肯定逃进了森林里。为了证实这一点，大家决定去问奥布斯。

伊范森回到洞穴，为奥布斯松绑。"奥布斯，你们的计划失败了。我想了解沃尔斯顿的计划，我想你不会隐瞒吧？"

奥布斯一副垂头丧气的样子。凯特问他："奥布斯，你在'塞班号'上救过我的命是吧，这次你可要救救这些孩子呀！"

奥布斯沉默不语。"奥布斯，"凯特接着说，"你如果还跟着沃尔斯顿，迟早都会被处死的，可是，这些少年却救了你。你总也该有人的感情吧，来吧，从现在起做一个好人吧！"

奥布斯长叹了一口气。"我该怎么办呢？"

"揭发沃尔斯顿的阴谋！"伊范森说，"沃尔斯顿他们是从哪儿来的？"

"从湖的北面。"奥布斯回答说。

"你和劳克是从南边来的吧？"

"嗯。"

"沃尔斯顿他们现在在什么地方？"

"不清楚。"

"你认为他们还会来吗？"

"会的。"

吃午饭的时候，麦克给他送饭，但是，奥布斯几乎没有吃。难道这个恶棍也受到良心的责备了吗？

午饭之后，伊范森说去森林那儿探查一下情况。因为奥布斯被俘，沃尔斯顿一伙只剩下6个人了。而少年们有15个人，加上凯特和伊范森，一共17个人。

但是，没有让年龄偏小的孩子参加。因此，伊范森去侦察期间，阿依瓦森、詹金斯、道尔、科斯塔和凯特、麦克、杰克一起留在洞穴里，巴库斯塔放哨。年龄大一点的都跟伊范森去侦察了。

下午1时，在伊范森的指挥下，侦察队组成了。他们沿着奥克兰山丘的山脚下小心地前行。通过那个法国人的坟墓时，猎狗竖起耳朵，在土上嗅来嗅去。

"快隐蔽起来！"伊范森提醒大家，"多尼范，你打枪准，发现坏蛋一定要干掉！"

不一会儿，他们来到了最外面的树丛那儿。那儿有不少脚印，还有刚熄灭的篝火灰。

"沃尔斯顿他们肯定昨天晚上在这里过的夜。"戈顿说。

"也许刚才还在这儿。我们向山崖那儿……"伊范森刚说到这里，右侧就传来了枪声，子弹掠过布里安的头部，打断了他身后一条树枝。

就在这时又听到了一声枪响，还有一声惨叫，在只有50步远的树木中间，有什么跑了过来，刚才枪响冒烟的方向，是多尼范开的枪，狗先跑出来，紧接着多尼范也跑了出来。

"赶上去！多尼范一个人危险！"伊范森命令说。

大家很快就追上了多尼范，一到草丛里，看到了一个脸上没血色的男人倒在了地上。

"这家伙是帕依库！"伊范森说，多尼范一枪就打死了他。

"沃尔斯顿没有逃远吧！"在四周警戒的巴库斯塔说。

"就在附近，大家注意安全！"

又响起了第三声枪响，这次是从左侧传来的，子弹从萨布斯头顶飞过。

"你没事吧？"戈顿问。

"没事，戈顿，只擦破了点皮。"

这时格内托喊了起来："布里安不见了！"

看不到布里安的身影，狗叫得越来越凶了，布里安可能正在同敌人搏斗，大家为他担心，在狗的后边追了过去。

"危险！伊范森！"库劳斯叫喊着卧倒在地上，伊范森急忙蹲下，子弹几乎贴着他的头飞过，原来是沃尔斯顿一伙中的一个，那个家伙，正是昨晚逃走的劳克。

"劳克，别跑！"伊范森喊着。

他瞄准开枪了，劳克往地上一滚又不见了。

"他又逃跑了！"伊范森说。

就在这时，狗在附近又叫了起来，多尼范发出了声音。

"布里安杀死他！"

伊范森赶到发出声音的地方一看，布里安和考布正进行着殊死搏斗，他把布里安摁倒在地，抽出短刀要刺，这时多尼范赶到了，考布猛扑上来，连刺了多尼范几刀。

考布看到伊范森他们从隐蔽的树丛中出来，慌忙逃窜。数发子弹齐发，还是让考布逃走了，"凡"垂头丧气地回来了。

多尼范在搏斗中身受重伤，他眼睛闭着，脸色苍白，一动也不动，连布里安的叫声也听不到了。

伊范森蹲到了多尼范的身边，查看起多尼范的伤口来，在第四肋骨处，被扎了一个三角口子，通过多尼范的呼吸来看并未伤到心脏，但是他伤得不轻。

"快抢救他！先抬回洞里去！"戈顿说。

"快抢救他！"布里安喊着，"他是为了救我才受伤的。"

因为多尼范伤势太重，抬着行走不能有丝毫晃动，巴库斯塔和萨布斯，就用树枝做了个担架，把多尼范抬到了上边，然后4个人抬着他，其他人在两旁守护着。

一路上他们没遇到什么意外，在走到离洞穴八九百步时，突然从西兰河那边传来了喊叫声，肯定是沃尔斯顿一伙偷袭洞穴了。

原来，当劳克、考布、帕依库3人，去找隐藏在洞穴的沃尔斯顿他们时，沃尔斯顿带领布兰顿、布库爬上了奥克兰丘，然后下到了河岸，马上就偷袭起弗兰奇•丹来了。

伊范森立刻命令巴库斯塔留下照顾多尼范，他带领戈顿、布里安、萨布斯、威尔考库斯，抄近路赶回洞穴，很快他们就看见运动场了，大家都被眼前的情景惊住了。

只见沃尔斯顿抓住一个孩子正往河边拖去，那个孩子是杰克，凯特从后边冲了上去，拼命想把杰克抢回来，接着，布兰顿又把科斯塔拽出来，威普冲上去抓住布兰顿，两个人打了起来。

没有看到其他孩子，难道他们都被沃尔斯顿杀掉了吗？

沃尔斯顿和布兰顿，快速走到河边，他们想过河，原来布库早已把洞穴内的小艇偷了出来，正在岸边等着呢！

假如让这3人逃到对岸，那可就糟了，杰克和科斯塔被抓去做了人质。伊范森他们拼命向前跑着，想开枪又怕误伤两个孩子，只能追了上去。

猎狗"凡"冲了上去，只见它咬住了布兰顿的咽喉，布兰顿只好松开了科斯塔，沃尔斯顿拼命拽着杰克几乎快要登上小艇了。就在这个紧急关头，突然一个男人从洞穴的大厅里跑了出来。

是奥布斯！难道他要跟坏蛋们一起走？伊范森想。沃尔斯顿招呼奥布斯过去。

伊范森站住了，用步枪瞄准了他，却见奥布斯扑向了沃尔斯顿，他给了沃尔斯顿一个措手不及，沃尔斯时顿大惊失措，松开了杰克，回头就是一斧，劈向奥布斯。

奥布斯被沃尔斯顿杀害，躺倒了。

伊范森他们都看见了，他们离运动场还有百步远。

沃尔斯顿又拽起杰克，慌忙向布库和布兰顿等着的小艇走去，杰克偷偷拿出手枪，朝沃尔斯顿开了一枪，沃尔斯顿受了重伤，跌跌撞撞地爬到了小艇上，艇上两人拼命划船。

这时传来了震耳的响声，一颗炮弹击中了小艇。原来是麦克从仓库的窗口瞄准了河上的小艇。

沃尔斯顿这个杀人恶魔终于得到了应有的下场。留在查曼岛上的，只剩下逃到洞穴的两个人了。

启船返航

一系列惊天动地的事发生在少年们身边，危险过去了，现在再回想起来，这种危险比事件发生前设想的要大得多，假如没有奥布斯与沃尔斯顿殊死搏斗，沃尔斯顿一伙早就逃走了。

布里安立刻赶到少年们守护的担架旁，然后火速把担架抬回到洞穴里，多尼范还昏迷着。奥布斯在伊范森的救护下，也被抬到了仓库的床上。那天夜里，凯特、戈顿、布里安、威尔考库斯和伊范森一起守护着两个受重伤的伤员。

多尼范虽然受了重伤，但呼吸已经接近正常了，被凯特用树叶包上了伤口并缠上了绷带。但是奥布斯被沃尔斯顿砍断了动脉，他自己也非常清楚，凯特照料着他，从昏迷中清醒过来时他喃喃地说："谢谢，凯特小姐！我就要离开你们了。"

眼泪从他的眼睛里流了出来，在这个男人身上还存有良知，他受到了坏人的引诱，做了一些坏事，但他反对坏蛋一伙要杀害少年们的计划，为此，他下定决心誓死保护少年们。

"打起精神来，奥布斯！"伊范森安慰他说，"你已经没有罪过了，你会好起来的。"

但是奥布斯的呼吸越来越困难了，最后他熬到了4时左右，停止了呼吸。

孩子们把奥布斯埋在了伏德安的墓旁。现在已经有两个十字架立在那座坟墓上了。

岛上还有劳克和考布，这两个坏蛋不除，大家都不能安心生活，伊范森决心要收拾掉这两个坏蛋，他和戈顿等4人，全副武装了起来，带着"凡"出去搜索。

结果很出人意料，他们来到了洞穴边，沿着血迹一查看，考布倒在地上，看样子死了有好几个小时了。而劳克仓皇逃命时没看清路，最后掉到了威尔考库斯设的陷阱里，带着重伤摔死了。而帕依库的尸体也被发现了，三个人被放到了一起埋葬到了陷阱里，陷阱是他们最好的坟墓。

伊范森他们在确定岛上没有什么危险之后，通知了大家，弗兰奇·丹欢喜一堂，可是多尼范的伤还让大家担心。

第二天，大家讨论了一下利用"塞班号"的事情，伊范森、布里安、巴库斯塔3个人，渡过湖和东河来到了熊岩。

12月6日中午，他们一到东河河口，一眼就看到了"塞班号"的小船，横倒在熊岩的沙滩上。在对能够进行修缮的地方进行了细心的查看之后，伊范森说："我们尽管带有工具，可是这里没有修船必需的材料，因此有必要把它运到西兰河去……"

"确实应该这样。"布里安说道。

第二天涨潮时，少年们沿东河逆流而上，早晨他们把小船挂上帆，划桨，虽然一路吃了不少苦头，但他们最终还是划到了西兰河，少年们都感到很高兴。

在伊范森他们出去的这几天，多尼范的伤势开始好了起来，没有伤到肺部，呼吸也顺畅了，凯特每天花两个小时到森林中取回树叶，敷到多尼范的伤口上，伤口正慢慢愈合着，要不了多久，多尼范就没事了。

第二天开始修船，船长30英尺，宽6英尺，加上凯特和伊范森共17人，乘坐18个人都没问题。伊范森不仅是舵手，还有一手修船的好技术，而巴库斯塔的手艺也不错，他得到了伊范森的称赞。

修补小船耗时达一个月，直到1月8日，船终于修好了，只剩下一些零碎的活了。

疗养了一个多月的多尼范，终于痊愈了。已经能到大门外边走动了，少年们还是担心他的身体经受不了航海的颠簸，都劝他安心静养，不要随便乱动。

终于等到了1月下旬，伊范森开始往船上装货了。布里安想把"斯拉乌吉号"遇难后从船上抢救出来的东西全都带回去，可是船舱有限，装不了那么多，因此必须有选择地往船上装。

首先，戈顿说必须把从"斯拉乌吉号"上搬下来的金钱带回去，回新西兰没钱当路费可不行。麦克则想在海上大约要航行3周以上的时间，不能忽略一些意外情况，所以必须备足17个人的食物。

还要把剩下的弹药、步枪、手枪一起装到行李箱里。布里安把替换衣服、图书室的书、厨房用具，还有航海必需的表、罗盘、煤油灯等挑出来。

威尔考库斯还想在途中钓鱼呢！把钓鱼用具也带上了。戈顿准备饮用水，在西兰河装了很多淡水，放到了船的底舱。2月3日，船已经完全装好了，多尼范身体完全康复之时就是他们出发之日。

多尼范的身体完全康复了，食欲也很旺盛，凯特和布里安每天扶着他，到运动场进行两三个小时的散步。

"出发吧！"他说，"我真想马上回到家里。"

少年们决定2月5日出发。

临出发的前一天，戈顿把小棚子里饲养的驼羊、野雁以及一些鸟全放了。

"连一句感谢的话也不说，"格内托嚷道，"我们对它们可不赖呀！"

"算了吧，你还生鸟儿的气，"萨布斯取笑他说，大家都笑了起来。

第二天就要上船了，在起锚之前，布里安他们又一次来到伏德安和奥布斯墓前，为他们作了最后的祈祷。上船后，多尼范坐在船尾掌舵的伊范森身边，布里安、麦克在船头守帆，其他人以及猎狗"凡"聚集在甲板上。

解开缆绳，船起航了。

少年们心里百感交集，在这两年漫长的时间里，这个岛给予了少年们隐身的场所，现在就要与它分别了，大家心里都有一些说不清道不明的情感。

小船在西兰河上缓慢行驶着，快到中午时才驶到沼泽地，前进不了了，这一带下面是浅滩，载重的船不能行走，最好还是等到涨潮时再行动。

等下一次涨潮还需要6个小时，利用这段时间，大家开始用餐。之后，威尔考库斯和库劳斯，离开南沼打猎去了。多尼范则稳坐在船尾，举枪打中了两只鸟。

小船行驶到河口时，天已经黑了，这里有许多暗礁，黑夜无法通过，伊范森提醒大家注意安全，就停在这里等第二天天亮再走。

天完全黑了下来，斯拉乌吉湾一片寂静。要是明天南沼海角有风就好了，利用风，能走出20英里远，借着这股从海上吹来的风一定会形成巨浪的。

天微微亮的时候，伊范森就把帆扬起来，小船在航海经验丰富的伊范森的指挥下，在西兰河上飞渡而去。

这时，大家都把目光射向了奥克兰丘的顶峰，最后看了一眼斯拉乌吉湾的岩石，英国角、美国角，炮声响起，少年们欢声高呼了起来，在船上升起了英国国旗。

几个小时后，船进入了海峡，已能看到岸边肯布里希岛的沙滩，绕过南海角，进入了太平洋。

孩子们再也看不到查曼岛了。

胜利归来

小船平安地渡过了麦哲伦海峡，途中无风无浪，真是一帆风顺，大家都很开心。

沿途没有看到人影，这正是大家所希望的，这对他们而言很安全。夜里曾一两次看到岛的深处有火光，然而在海岸上没有发现有土著人的身影。

2月11日，小船依然一帆风顺，穿过史密斯海峡，进入到了麦哲伦海峡，右侧耸立着的是圣安娜峰，左侧在波弗特海湾的深处，有雄伟的冰河横在那里，在阳光的照射下，冰河光芒四射。

小船一路上顺风顺水，带有咸味的空气，对多尼范的身体很有好处，他吃得香，睡眠很好，还经常以自己也经历了鲁滨逊式的生活而感到自豪。

12日，看到了塔马尔岛，塔马尔岛没有港口。伊范森指挥小船绕过塔马尔海角，决定穿过麦哲伦海峡，向东南方向行驶。

这里跟巴奴洼岛不同，海岸一面是一座荒芜的岛屿；另一面横着克鲁卡半岛的山峰。伊范森开船通过了那里，上了南边的水路，接着绕过福瓦德山峰，计划从布兰尼斯维克半岛的东岸，驶向帕尼特·阿雷纳港。

2月13日早晨，站在船头的萨布斯叫道："我看到烟了！"

"是渔夫的篝火吗？"戈顿问。

"不！好像是汽船冒出来的烟！"伊范森说。

假如真是渔夫，这里离陆地也不远了。

布里安立刻爬到了桅杆上，"是船！不错，是船！"他叫喊着。

不多一会儿就看到船了，是一艘大汽船。

少年们在小船上欢呼了起来，他们立刻用大炮发出了信号。

那艘汽船也发现了这艘小船，半个小时后两艘船接近了，这是向澳大利亚航行的"格拉夫顿号"汽船。

"格拉夫顿号"的船长汤姆·朗格简直不敢相信这15个少年有过这样的冒险历程。关于"斯拉乌吉号"下落不明的事，在美国、英国也有很大的传闻，他立刻让少年们转乘到"格拉夫顿号"上，并决定把少年们送回新西兰去。

　　本来这艘汽船就是要到澳大利亚的南部柯迪莱德州的首府墨尔本去的，因此还可以说是顺路呢！

　　汽船的速度快得很，2月25日，格拉夫顿号到达了奥克兰港。

　　查曼学校的15名学生，漂流到荒无人烟的巴奴洼岛，已经有两年了。

　　少年们回到家里，家人们惊喜万分。家长们都以为再也见不到自己的孩子了，被风暴卷到离南美洲很近的岛上的少年们，没有少一个，全都平安回来了。

　　"格拉夫顿号"把遇难船上的少年送回来的消息很快就在奥克兰市传开了，闻讯赶来的市民们看到少年们与亲人热烈拥抱的情形忍不住拍手叫好起来。

　　人们都急切地想知道少年们是怎么在巴奴洼岛上生活长达两年的，这种好奇心马上就得到了满足。先是多尼范进行了多次演讲，好评如潮。

　　多尼范骄傲极了，接着巴库斯塔每天写的日记——弗兰奇·丹的日记很快出版了，仅在新西兰便卖出了数万部，引起了轰动。"斯拉乌吉号"遇难船上少年们的事情，引起了人们极大的兴趣，戈顿的沉着，布里安的诚实，多尼范的勇敢，还有少年们的忍耐精神，这15个少年的故事被人们争相传诵着。

　　凯特和伊范森也非常受人们的欢迎，他们两人为了少年们，冒着多大的危险呀！所以为了感谢伊范森，人们捐资赠送给他一艘命名为"查曼号"的汽船。

伊范森成了这艘船的船主兼船长，但是有一个条件就是必须以奥克兰作为汽船的船籍港，航海结束时应该回到新西兰，因为孩子们想时时刻刻都能看到伊范森。

勇敢的凯特，不管是布里安、格内托，威尔考库斯，还是其他孩子的家庭，都想让凯特到他们的家里生活，多尼范更是使出了浑身解数才让凯特到他家，与他的家人一起生活。